El último regalo de Villa

El último regalo de Villa

CARMEN OLIVAS

Grijalbo

El último regalo de Villa

Primera edición: abril, 2020

D. R. © 2020, María del Carmen Olivas Ortega

D. R. © 2020, derechos de edición mundiales en lengua castellana:
Penguin Random House Grupo Editorial, S. A. de C. V.
Blvd. Miguel de Cervantes Saavedra núm. 301, 1er piso,
colonia Granada, alcaldía Miguel Hidalgo, C. P. 11520,
Ciudad de México

www.megustaleer.mx

ISBN: 978-607-319-003-9

Impreso en México – *Printed in Mexico*

El papel utilizado para la impresión de este libro ha sido fabricado a partir de madera
procedente de bosques y plantaciones gestionadas con los más altos estándares ambientales,
garantizando una explotación de los recursos sostenible con el medio ambiente y beneficiosa para las personas.

Penguin
Random House
Grupo Editorial

A mis hijos,
Julieta y Adrián,
por ser mis primeros lectores.
A Isidro,
por veintiocho años
de vida juntos.

Valor hasta la temeridad; desprendimiento hasta el derroche; odio hasta la ceguera; rabia hasta el crimen; amor hasta la ternura; crueldad hasta la barbarie; todo eso es Villa en un día, en una hora, en un momento, en todos los momentos de la vida.

RAMÓN PUENTE

El juramento

Un rumor como de abejas se escuchó durante la noche, eran las mujeres de negro que rezaban rosarios sin descanso mientras la casa poco a poco se iba llenando de flores blancas cortadas de los jardines y del monte, cuando, sobre la cama, reposaba sin dolor y sin fiebre el cuerpo de mi madre.

En la comadre vecina, amiga de la familia, se había encargado de prepararla: le pusieron su mejor vestido, peinaron su cabello, cubrieron su cabeza con el paño de los domingos y entre sus manos acomodaron el rosario de mi abuela.

Un cajón de madera llegó muy de mañana mientras se preparaba una fosa en el cementerio.

Todo pasaba sin detenerse, en tanto yo me mantenía sentado junto a la chimenea, contemplando el fuego, deseando que todo aquello no fuera cierto.

A un lado estaban mis hermanos tratando de ver en mí a su nuevo protector. De ahí en adelante yo sería el jefe de la familia; era un compromiso que me pesaba de golpe.

> *¿Cómo voy a cuidar a Mariana y al Nata,*
> *y a encontrar a mi padre?*

* * *

Dos días fuera de la casa bastaron para que la calamidad cayera sobre nosotros. Aquella tarde que regresé, me extrañó ver a tanta gente. Todos me abrieron paso cuando entré a la cocina y la vi llena de caras tristes.

Mi padrino estaba ahí, a un lado de la chimenea, mientras mi madrina, sentada cerca de la ventana, volteó a verme cuando entré y sus ojos brillaron de más. Pocas veces venían de San José, recordé que habían estado en la casa unos días antes de que se marchara mi padre. Por eso no me gustó su presencia, porque era señal de que las cosas iban a cambiar de nuevo.

Él dudó antes de acercarse a mí y palmear mi espalda, sus ojos me vieron de una manera diferente, y sin decir palabra, sólo con un gesto, me indicó que avanzara hasta el cuarto.

—Es el hijo —dijo un vecino parado junto a la puerta mientras sostenía su sombrero en el pecho—. Dejen que se acerque a su madre.

Esa seriedad la había visto en los que van a la iglesia, y la preocupación de sus ojos, en los que están cerca de un muerto. De pronto sentí en el estómago un miedo que no había tenido nunca.

Mientras iba hacia la sala, arrastraba los huaraches y envolvía con ansiedad mis manos con la orilla de mi vieja camisa blanca. Cuando la vi ahí en la cama, pálida, triste y sin fuerzas, mi miedo tuvo nombre.

La mirada llorosa de todos en el cuarto me dejó claro que aquello no tenía remedio y avancé hacia ella. Mariana y Nathanael estaban muy cerca de la cama, hincados sobre ese piso de tierra que tantas veces vi regar y barrer a mi madre.

Todo había sido de repente, o eso quise creer aquella tarde, pero la verdad es que hacía tiempo la veía más delgada y seguido la tumbaban los dolores y las fiebres. Aun así trataba de estar con nosotros y cuando hacía el quehacer de la casa, se veía siempre dispuesta y sonriente.

Recuerdo que la sala olía distinto, pero no era un olor desconocido, lo había sentido antes en otras casas, sólo que esta vez era mi madre la que se estaba muriendo.

Al verme, sonrió y trató de sentarse sin lograrlo. Cuando me tuvo cerca, me tomó de la mano.

—Valentín, *m'ijo* —me dijo muy bajo.

—¿Sí, *ma'*? ¿Qué tiene?

—Que me voy, *m'ijo*, que te va a tocar a ti cuidarlos —me dijo, viendo a mis hermanos—. Tú ya estás grande, ya casi eres un hombre. Pero tu *pa'*, *m'ijo*, a ellos va a hacerles falta. Ya sabes que se fue con Villa —dijo entre toses, luchando por que el aire le alcanzara, tenía que lograr que su voz y sus palabras fueran claras—, búscalo, dile que los niños van a estar solos —dijo finalmente.

Recosté mi cabeza en su pecho y lloré sin importar que me vieran, ella acarició mi cabello y trató de consolarme; al sentir su último cariño, me limpié el rostro con la manga.

—Sí, *ma'* —le dije, conteniendo el llanto—, *usté* no se apure que yo lo encuentro.

Después de eso, ella soltó mi mano.

* * *

Las plegarias dejaron de escucharse conforme el sol iba saliendo, como si la oscuridad estuviera llena de demonios. Varias jarrillas de café animaron los pasos y las voces de los que velaban el cuerpo, ese cuerpo que se rindió, dejando escapar su alma.

A la luz del día las cosas me dolieron más, pues parecía que Dios no se había dado cuenta de la muerte de mi madre. El sol brillaba como de costumbre, los perros jugaban entre ellos y las gallinas seguían buscando su alimento con el pico. Todo eso me ofendía y quise alejarme. Salí de la casa y caminé deprisa hasta el corral, ahí estaba el caballo que me regaló mi papá el día que se fue con Pancho Villa. El Moro parpadeaba despacio, era como si se diera cuenta de mi tristeza, ni la pastura ni la hierba le llamaron la atención esa mañana.

Hacía casi tres años de la partida de mi padre y yo lo extrañaba tanto, pero después de lo sucedido... no sabía qué sentir por él.

Mira que dejarnos solos.

Lo juzgué. Luego sacudí mi cabeza y lo pensé de nuevo:

¿Cómo iba él a imaginar esto?

Eso tenía que quedarme claro.

Mientras acariciaba al caballo, mis dos amigos llegaron al corral sin decir nada, pusieron su mano en mi hombro y no hizo falta más para entenderlos.

Trabajábamos juntos en la labor, éramos compañeros de juegos, trepábamos árboles, subíamos las peñas de la cañada para dejarnos caer a los hondables, y la de veces que sacamos vejigas de miel de los hormigueros. En una ocasión, aparte de la miel, me gané varios piquetes y una tunda de mi madre cuando me bajó la fiebre.

Las cosas iban a cambiar siendo yo un huérfano, dejaría de ser un niño para convertirme casi en un hombre, uno que tendría que hallar la forma de traer a casa a su padre.

—¿Y dices que lo prometiste? —repitió Arturo luego de condolerse y escuchar lo que yo había dicho antes de la muerte de mi madre.

—Eso de irte solo como que es difícil —agregó Fernando al tiempo que se rascaba la cabeza.

Largo rato se quedaron a mi lado mientras yo acariciaba al caballo.

—¡Si tú quieres, nos vamos contigo! —ofreció Arturo.

Fernando abrió los ojos con preocupación, pero aun así dijo:

—¡Claro!

Nunca sabré si los motivaba la aventura o darme un apoyo verdadero, cosas que nunca faltan entre los amigos, pero de los tres, Arturo siempre había sido el más valiente.

—Ya tenemos doce años —dijo con fuerza—, y podemos hacerlo.

Pasaron sus brazos por mi espalda, y luego de la enorme oferta, me sentí lleno de esperanza.

Sus palabras hicieron eco en mí, era un niño venido a hombre. Más tarde, en el cementerio, deposité un puño de tierra sobre el ataúd de mi madre. Y lo que dije aquella tarde soleada de primavera de 1916 aún pesa sobre mi espalda:

—Le juro, *ma'*, que no voy a parar hasta encontrarlo.

El Zarco

Los días corrían en la Ciénega de Ojos Azules y la muerte de mi madre se iba borrando de la memoria del pueblo, pero no de la nuestra; los Luján seguíamos en duelo.

A pesar de que trataba de hacerme el fuerte, el dolor me salía al paso en cada lugar que había pisado y en cada frase que había dicho mi madre.

Al Nata se lo llevó mi tía Josefa para que jugara con Manuelito, su hijo. Marianita era ahijada de mi tía Rosa y con ella encontró cuidado, y yo, el más grande, me quedé a vivir con el tío Anselmo, quien desde que se fue mi padre, como hermano mayor que era de mi mamá, siempre estuvo ahí para lo que hizo falta.

Aunque los tres hijos fuimos repartidos en casa de los tíos, de mi cabeza no se borraba el juramento: cuidar a mis hermanos y encontrar a mi padre, el asunto era que no sabía cómo.

Los días de lluvia, los de viento y los de sol, cada uno traía su historia para mover mis recuerdos. Como el de una tarde antes de que ella muriera. Caía un llovía menuda pero constante, el cielo lucía turbio y soplaba el viento. Sin poder trabajar, luego de ver los charcos desde la ventana, mientras la casa olía a nostalgia y me pesaba la ausencia, me recosté y puse mi cabeza sobre sus piernas.

—¿Por qué se fue mi *pa'*? —le pregunté mientras clavaba mis ojos en su mirada.

—Porque es muy listo, y un hombre así es de mucha ayuda para Pancho Villa.

Yo sabía de las habilidades de mi padre en las tierras, en el monte, con las vacas, para hacernos cucuruchos infinitos, papalotes y zumbadores con botones. Pero casi podía asegurar que esas cosas no eran importantes en la guerra.

—Pero ¿cómo?

Ella sonrió y noté su orgullo al contarlo.

—Aquí en el pueblo son bien pocos los que saben leer y escribir, y el mejor de ellos es tu papá, así que el mismísimo Villa lo escogió como escribiente.

—¿Y mi *pa'* quiso dejar la labor y a nosotros para irse con Villa?

—No, *m'ijo,* no se trataba de querer, a Villa no se le puede decir que no y se tuvo que ir con él a fuerzas.

A Villa no se le puede decir que no.

Me quedé pensando, ¿pues quién era ése? Porque yo sólo sabía de alguien tan poderoso como eso que contaban, el Cristo de la iglesia.

Así como esa ocasión, se repitieron muchas, porque en lugar de cuentos, por las noches mi madre nos relataba cosas de él: de cómo se conocieron, de la vez en la que cazó un venado tan grande que casi comió el rancho entero. De esa casa que construyó él mismo para nuestra familia. De cómo poco a poco aprendió a leer con unos periódicos viejos que un día trajeron de la ciudad los de la tienda. Ése era mi padre y no había manera de olvidarlo, ella se encargó de hacerlo presente siempre entre nosotros.

No hizo falta que mi madre me recordara las veces que él leyó para mí, pues su voz era tan gruesa y su lectura tan llena de emoción que era imposible que yo olvidara esos momentos. Con su ayuda aprendí a leer y a escribir el nombre de mi madre, el suyo, el mío y el de mis hermanos; ésas fueron las primeras palabras que usó para enseñarme. Luego se supo lo bueno que era para eso, y como en el rancho no había escuela, de seguido iban los niños a que les enseñara las letras.

En casa se guardaba todo papel que tuviera algo escrito. Siempre guardó como un tesoro un libro que se encontró un día en una casa vieja, lo tomaba con cuidado para que no fuera a maltratarse, y con él me leía diariamente. Era un libro muy gastado, sus hojas se veían amarillas, y cuando me acercaba a él, olía a tiempo, como cuando una casa se queda cerrada por años y un buen día se abre de nuevo. *Rosas de la infancia. Libro tercero*, decía en la pasta; a ese libro le debo mucho de la cercanía de mi padre.

Luego de que él se fue, yo conservé la costumbre de leerles por las tardes al Nata y a Mariana, porque a mi mamá sólo le gustaba leer un librito de oraciones que de tan viejo corría el riesgo de deshacerse entre las manos.

Pero la vida da muchas vueltas, luego renegué de esa gracia para leer de mi padre, pues si su letra no fuera tan derechita y tan clara, si su lectura no fuera tan buena y tan rápida, jamás se habría marchado con ese ejército que una vez llegó al rancho. Qué importaba entender las letras si nos habíamos quedado solos, primero sin él y luego sin mi madre.

Villa nos lo había quitado, pero no hay daño que no se pague. Un día en la iglesia, pasados unos meses de la muerte de mi madre, el mismísimo padrecito nos contó en el sermón cómo le andaba yendo de mal al tal Francisco Villa: que si había perdido batallas, que si el gobierno lo andaba buscando por bandido y asesino. Todos en las bancas lo escuchábamos con más atención que otras veces. No era que la palabra de Dios no fuera interesante, pero saber que miles de soldados americanos también le seguían la huella a esos rebeldes nos dejó con la boca abierta, yo no podía imaginar qué les debía a ellos. El padre avanzaba en el sermón alejándose de las cartas de san Pablo o de Mateo para contarnos que, por gente de su confianza, él se había enterado de que se escondían en la sierra, que nuestros montes podrían servirle de refugio y que de repente bien podrían llegar a nuestro pueblo. Era claro que todo aquello tenía asustado al sacerdote, y como se decía que ese rebelde no sentía mucho respeto por los templos, terminada la misa se retiraron varias piezas de la iglesia por si aquello era cierto.

* * *

Los días pasaron sin más sobresaltos que los que me daba la tristeza, pero una tarde, apoyado en el mostrador del comercio mientras el dueño cambiaba algo de frijol que le había llevado por una lata de sardinas, y un poco de maíz por un paquete de esos fideos gruesos que tanto le gustaban a Mariana, escuché una plática entre los señores que se juntaban ahí cada tarde a comer cacahuates después de regresar de la labor.

—… iban saliendo del rancho de los Domínguez —dijo don Mariano, un vecino de mi tío Anselmo.

—Dicen que Villa viene para este rumbo —agregó el de la tienda. Eso sí llamó mi atención y me mantuve ahí, atento, aunque ya tenía los paquetes en la mano.

—Pero dicen que son bien pocos —la plática seguía mientras mi mente volaba deprisa y lo primero que pensé fue si vendría mi padre con ellos.

—Que anda batallando para conseguir armas, comida y gente —dijo uno de los hombres que ahí estaba, abriendo los ojos más de la cuenta.

—*Pos 'ora* sí se va a llevar a varios del pueblo —concluyó otro.

—… y dicen que viene con una bala en la pierna —y nadie interrumpió—. Si antes era bravo, imagínense ahora; ha de venir como fiera herida.

El miedo se sintió en la reunión de aquella tarde en el comercio del rancho.

¿Qué iba a suceder cuando Villa llegara a la Ciénega
de Ojos Azules?

Seguramente era lo que estábamos pensando todos en silencio.

Por lo pronto, yo estaba contento, era la primera señal del cielo de que mi padre podría estar cerca.

Dios o el destino fueron acomodando las cosas para que avanzara en mis planes de búsqueda, porque algunos de los temores de la iglesia bien podrían hacerse realidad.

* * *

El día que llegó al rancho la División del Norte, o lo que quedaba de ella, casi todos permanecieron en sus casas. Se contaban muchas cosas malas como para arriesgarse. Pero yo lo que quería era verlos, esperaba encontrar en alguno de los jinetes el rostro de mi padre. Por eso me mantuve en alto, montado en la barda de una casa cercana, y desde ahí pude ver que no era el ejército que había imaginado; ni en tamaño ni en apariencia. Eran unos cuantos soldados cabalgando sin garbo sobre las bestias, se veían cansados y sin entusiasmo. Pero no… ninguno era mi padre.

Días antes, el tío Anselmo había tratado de frenar mi entusiasmo, pues quería evitarme otra desilusión. Tal vez por eso me dijo que después de tanto tiempo de ausencia era poco probable que mi padre estuviera vivo, pero esas palabras me dolieron más que el peor intento que yo pudiera hacer para encontrarlo.

Pero un juramento es un juramento y yo mismo me presentaría ante ese hombre que muchos llamaban el Centauro del Norte para preguntarle por mi padre. Arturo y Fernando me harían fuerte para pasar entre sus hombres.

—¿Crees que quiera recibirnos?

—Lo importante es que reciba a Valentín, nosotros podemos quedar aparte. Y por Dios que no es por miedo —dijo Arturo, besando los dedos en cruz.

—Sí, tres chamacos bien puede sonar a chiste —dije convencido—, yo solo puedo explicarle el asunto —les dije armado de valor—. Les agradezco que quieran venir conmigo, pero ya entendí que esto tengo que hacerlo yo solo.

Dejamos pasar unos días, por aquello del cansancio de la tropa; mientras tanto, yo me empeñaba en observar de lejos los movimientos del campamento que habían puesto a un lado de la iglesia, de la que por cierto nadie abrió sus puertas, ni por las buenas ni por las malas.

Era necesario comprobar si el tal Villa era todo lo salvaje que habían dicho. Cuando pasó el tiempo suficiente para ver que no comía hombres ni los lanzaba por los aires, traté de acercarme al jefe de aquellos rebeldes, pero uno de sus guardias, desconfiado, me frenó el paso. Claro que yo no había esperado tanto tiempo para dejarme vencer por un cualquiera, así que traté de escabullirme. Otros soldados se acercaron al observar el alboroto, pero fue mayor el escándalo que el éxito de mi esfuerzo. Aunque algo logré, pues mis gritos fueron a dar a oídos de Villa, quien de inmediato quiso enterarse.

—¡Si serán! ¿Qué no ven que es un niño? —les dijo mientras cojeaba para acercarse.

—No, mi general —le dije—, ya casi tengo trece años —aunque faltaran diez meses para eso.

Todos rompieron en carcajadas.

—¡Que ya no soy un niño! —grité molesto.

—¡A ver, a ver, cerillito! —me dijo Villa poniendo sus puños en la cintura—, ¿cómo te llamas?

—¡Soy Valentín Luján, hijo de su escribiente José Luján!

Él se quedó extrañado ante la información y frunció la frente tratando de recordar.

Un hombre bajito salió de entre los soldados y le habló al oído.

—¡Ah, qué muchachito! —me dijo Villa poniendo su mano en mi hombro—. ¡Así que tú eres hijo del Zarco!

Yo no entendía de qué estaba hablando.

—No, señor, yo soy hijo de José Luján, aquí todos le dicen el Dorado desde que se fue con *usté* —le explique—. Mi madre murió y necesito encontrarlo.

Los otros dejaron de jalarme por los brazos, mientras Villa se atusaba los bigotes con la mano.

—¡Ah, que mi Doradito! Nosotros lo nombramos el Zarco desde que nos fuimos de esta tierra de Ojos Azules, pero, cómo te explico… ¿Qué no sabes que pelear en la bola no tiene garantía de regreso?, ve tú a saber dónde haya quedado tu padre.

De nuevo el mismo hombre se acercó y le habló al oído; luego, Villa reconsideró.

—Pero en esto de la lucha hay quienes somos como los gatos, bien puede que a tu padre aún le queden algunas vidas.

El Moro

La Ciénega estaba inquieta por la presencia de los villistas, las mujeres se mantenían escondidas en las galeras o
en las trojes, no se les veía en los patios, menos en las calles.

Por los caminos avanzaban algunos hombres tirando de
sus bestias, iban rumbo a su tierra, aunque otros sólo habían
salido a enterarse de lo que pasaba en el campamento de los
soldados.

Después de conocer a Villa, yo no había pegado el ojo en
toda la noche, pues pensaba en la posibilidad de formar parte del ejército de los rebeldes.

Muy temprano salí y me senté en una peña, mirando al
oriente, esperando un poco de calor. Las mañanas en mi tierra siempre son frescas porque la altura de las montañas que
la rodean deja llegar los rayos del sol hasta muy avanzado el
día. Mi cuerpo no había logrado entibiarse cuando dejé la
peña y fui al corral del tío Anselmo. Ahí estaba mi caballo,
grande, brioso y plateado, lo acaricié por largo rato y le estuve hablando.

—¿Nos vamos o nos quedamos, Moro? —y el caballo pia-
fó alborotando la crin, el cariño que nos teníamos saltaba a la

vista—. Porque somos tú y yo los que podemos encontrarlo —el Moro movía la cola, espantando a las moscas.

Pasaba mi mano sobre su cuello y pegaba mi cabeza a la suya.

—Sólo a nosotros nos importa mi padre, lo hacemos ahora o nunca más sabremos de él.

El animal relinchó, cosa que yo tomé como un sí.

De chico, el Morillo tenía el pelaje oscuro; después de la partida de mi padre, empezó a clarearse. Mi madre me había dicho que eso era por la tristeza. Me quedé con esa idea, creía ver la tiricia en los ojos del animal, por eso a diario lo cepillaba, lo paseaba y a escondidas le daba piloncillo robado de la cocina.

Yo tenía metida en la cabeza la idea de irme con el regimiento, aunque por lo que podía ver, no era tan sencillo.

El general tenía que saber que Valentín Luján era de agallas para andar entre la bola, algo o mucho podría hacer entre aquellos hombres de carabinas y bigotes, de eso no me quedaba duda. Quizás hasta podría cepillar al caballo del general, pues había aprendido muchas cosas de esos animales con mi padre y cuidando al Moro.

Tal vez si Villa me viera montando a pelo y a toda carrera para brincar las trancas que están en la entrada del pueblo, justo en frente del campamento, podría aceptarme en sus filas.

Después de acicalar al Moro, trepé en él con la agilidad del más diestro de los jinetes.

Sólo una taza de café y un taco de frijoles llevaba en la barriga, pero me sentía fuerte; la emoción corría por todo mi cuerpo. Era el momento de la prueba de fuego, si la estampa del caballo y la agilidad del jinete no lo convencían, no imaginaba de qué otra forma podría lograrlo.

Avancé al trote por la calle principal de la Ciénega, sudando por los nervios que me desataba el realizar una demostración frente al campamento, porque algo podría resultar mal. En mi mente reconocía el riesgo de que lo único que le interesara al general fuera el Moro. Todo el mundo había oído hablar de los alcances del rebelde. Muchos pueblos habían sufrido de sus abusos, decían que tomaba lo que le venía en gana: comida, mujeres, dinero y... caballos. Y si de algo yo estaba seguro era de la belleza del Moro. Eso pensaba cuando llegué a las afueras del pueblo, y lo primero que oí fueron las carcajadas del jefe de la tropa. Me detuve un rato en unas tapias que estaban cerca del campamento de los villistas. Dibujé una cruz sobre mi rostro y otra en el pecho, y mirando al cielo deseé que mi madre nos cuidara desde arriba.

No había gran distancia entre nosotros y las trancas. Inicié la carrera a todo galope, azuzaba al Moro girando una cuarta al lado de su cabeza, jamás había necesitado golpearlo para que corriera veloz. La polvareda y el golpe de los cascos llamaron la atención de varios soldados en el campamento, y por supuesto, me había asegurado de que el general estuviera cerca para ver el espectáculo.

—¡Vamos, bonito! —le grité—. ¡Vuela! —y el Moro logró un impulso más allá del necesario para brincar las trancas, cualquiera hubiera dicho que iba a cabalgar por los aires. Mientras, me mantenía prendido únicamente de la crin.

Cuando tocamos tierra firme, chiflidos y aplausos se desataron en el campamento. Yo seguí trotando por el camino para calmar los nervios e iniciar de nuevo.

Avanzamos un largo tramo y jalé las riendas para hacerlo regresar.

—Uno más —le dije acercándome a su oreja.

Retomó el galope de nuevo rumbo a las trancas y alcanzó la velocidad que necesitaba para lograr el segundo salto. Mientras el Moro se elevaba, me atreví a abrir los brazos en cruz retando al viento. Eso provocó otra bulla en la acampada militar.

Cuando trotaba sobre el animal ya de regreso al pueblo, Villa se acercó al camino, llevaba los pulgares fajados en el cinto cuando me llamó.

—¡Oye, muchacho!

Jalé las riendas para acercarme a él.

—Dígame, mi general —respondí muy serio, manteniendo la cara en alto. El día anterior me había llamado niño, hoy era ya un muchacho; la cosa iba mejorando.

—¿De quién es este animal tan bueno *pa'* saltar?

—Es mío, me lo regaló mi *pa'* antes de irse con *usté* hace tres años.

—¿Y cómo se llama tu caballo?

—Moro —contesté asustado, ya estaba tanteando por dónde iban sus intenciones.

—Oye, chamaco —y va de nuevo "chamaco", pensé—. Caballos como éste nos hacen falta en la revolución.

—El Moro va si yo voy, si no, *pos* no va —le dije mientras hacía que el caballo se parara en las patas traseras—. *Usté* perdone, pero es lo único que me queda de mi padre, y no voy a perderlo a él también.

Villa sonrió y palmeó en el cuello al animal.

—Mira, muchachito, si yo quiero, me lo llevo y no hay de otra.

—Mire, general, yo sé que estoy muy chico, pero puedo servir de mucho entre sus hombres, así como dice *usté* que debo saber de lo que es capaz, también sé que algunos muchachos como yo han andado en la bola, no sé por qué yo no puedo hacerlo. Sé leer y escribir, si de algo sirve, sé montar muy bien, y aprendo muy rápido de todo.

Entonces el general se rascó una patilla, frunció el ceño y apretó los labios.

—*Pos* si bautizado estás, Doradito —me dio una palmada en el pie y lo sujetó muy fuerte—. Andamos faltos de todo, y si dices que tu padre es un dorado, bien puedes ayudar a la causa con tu caballo.

—*Pos* yo no me bajo, si se queda el Moro, yo también me quedo. ¿Sí, mi general?

Nunca imaginé que yo le pondría condiciones nada menos que a Pancho Villa.

—Qué te digo, muchachito, los chamacos son para estar en su casa, pero parece que a ti no te queda más camino que el de ser un dorado, pero ya veremos —y avanzó jalando al Moro por la brida.

Yo lo observé sorprendido, siempre creí que negociar con él sería más difícil, pero no, al menos en esa ocasión no lo fue.

Ese día no me di cuenta, pero empezaba a descubrir una de las debilidades del general: los niños.

El encargo

Villa y su gente no iban a estar mucho tiempo en la Ciénega. En casa de mi tío Anselmo se enteraron ese mismo día de que otro Luján había tomado las armas, aunque lo más que yo había logrado tocar esa tarde fueron baldes y cepillos. No había vuelto a la casa de mi tío porque estaba seguro de que no iba a estar de acuerdo, y así fue.

—Dice tu tío que ya eres un hombrecito, que tú sabrás lo que haces —me contó Arturo al día siguiente.

Las familias del pueblo eran numerosas y la comida no tanto, así que una boca menos que alimentar ya era ganancia. Quise pensar eso para no sentirme un ingrato al irme así, sin más ni más.

¿Sería capaz de cumplir lo que le había dicho al jefe?
¿Aprendería cualquier cosa?

Me preguntaba por las noches, porque si se trataba de matar, no estaba tan seguro.

Entre los de confianza del general estaba un chamaco un poco mayor que yo. Le decían el Gato, se llamaba Gustavo

Fuentes, apenas pasaba los dieciséis, y aunque sólo tenía dos años con la División ya era parte de la escolta de Villa. Escuché a un grupo hablar de él, decían que era de pocas pulgas, que tenía la sangre fría y una puntería de miedo. Villa lo mantenía cerca de él, aunque no creo que fuera para cuidarle la espalda, bien supe después que el jefe procuraba cuidarse solo, porque desde que aparecieron los papeles que ofrecían cinco mil pesos por su cabeza, él no confiaba ni en su sombra.

El saber que un hombre tan joven había escalado en las confianzas del general me daba esperanzas, aunque no sabía si sacarles brillo a los caballos fuera una habilidad con el mismo mérito.

Cada día procuraba colarme entre la gente, escuchar de aquí, aprender de allá. No había entrado a la bola por la lucha, la emoción o el deseo de disparar un rifle, estaba entre esa gente porque buscaba a mi padre y punto. Nadie había podido decirme algo sobre su paradero, pero ya encontraría entre tantos soldados a alguno que supiera lo que había sido de él, no podía habérselo tragado la tierra.

Los primeros días entre la tropa me mantuve cerca de los más viejos, quería encontrar en ellos algo de comprensión para un huérfano, porque muy pronto supe que aparte del Doradito también me llamaban el Recogido. Aunque no era la imagen que yo quería dar entre esos valientes, sí la usé para sacar alguna información de los rebeldes. Alguien tenía que saber algo y así fue.

Una tarde, mientras cepillaba los caballos, se acercó un hombre de pelo blanco y dijo que mi padre sí había llegado con la tropa hasta el otro lado.

—¿Adónde dice que llegó? —le pregunté confundido.

—¡*Pos* con los gringos! ¿Qué no sabes que hace poco les bailamos un zapateado en sus narices?

Yo estaba sorprendido, era la primera vez que sabía algo de él desde su partida.

—Yo lo vi entre los hombres del frente, era de madrugada —dijo intentando recordar—, lo vi con su sombrero negro, y lo recuerdo bien porque esa vez *nomás* él *traiba* un gorro como ése. La batalla no duró más de tres horas —agregó, tratando de darme algo de información sin llegar a lo que me interesaba, aunque no estaba de más saber cómo se vivía en eso de la guerra.

"No lo vimos después del combate —continuó hablando—, pero nadie se pone a contar a los hombres después de tanta bala, fuego y *hartos* güeros pisándonos los talones.

—Cuanto tocan retirada, o corres o te mueres —dijo otro que también escuchaba. Era un tipo de enormes bigotes que oía la conversación en silencio, pero luego se acercó a nosotros para seguir hablando—. Yo lo vi cerca de la botica que quemamos primero. Íbamos juntos pero *a luego* nos separamos.

—Ya habíamos pasado Palomas cuando lo echamos de menos —dijo el de las canas—, pero después todos salimos en desbandada y ni quién supiera de otros; había que salvar el pellejo.

Esa información me dejó pensando en él, lo imaginaba disparando contra los gringos:

¡Qué valiente era mi padre!

En casa nunca hubo una pistola, y un rifle *pos* menos. Cuando mi papá iba de cacería, se lo prestaba mi tío Anselmo. Al día siguiente le dije a don Jesús, quien me escuchaba antes de dormirnos en el campamento:

—¿De dónde sacaría un arma mi *pa'*?

—¡Ay, chamaco! Cada vez que nos enfrentamos con los pelones no falta de dónde agarrar una carabina.

—Bien pudo decirle que no al general y quedarse aquí con nosotros.

—Al jefe no se le dice que no nunca, porque como bien dice él: "Los muertos no reclaman".

* * *

Con la primera tarea que Villa me encargó, me di cuenta de por qué me había tomado a su servicio.

—Los carranclas están cerca, casi puedo olerlos —dijo Villa una noche, sentado cerca de una fogata—. No estamos sobrados de gente como *pa'* arriesgar una avanzada.

Se quedó serio y dio varios tragos a su café mientras ponía su vista en el Gato. Luego la detuvo sobre mí cuando yo caminaba cerca, cargando un balde de agua para el Moro.

—¡Oye, muchacho! —me gritó.

Yo me cuadré lo mejor que pude, ya sabía de chocar los talones y sacar el pecho, mientras el balde desparramaba un poco de agua sobre mis huaraches.

—¡Ven acá!

Seguro algo no le había parecido y ahora iba a darme de balazos.

Si serás bruto, te dije que no te subieras ni tantito
al caballo del jefe.

Dije para mis adentros.

—¿Sí, jefe? —presentía el final y por mi cabeza circulaba mi madre, mi padre. Bien dicen que justo antes de morir tus muertitos vienen al encuentro, y *pos* yo ya los estaba llamando.

—¡Llegó la hora de trabajar, chamaco!

Solté la respiración, aliviado.

—¡*Usté* dirá, mi general! —sólo deseaba que no se tratara de matar a nadie.

—¿Conoces el camino a San José?

—¡Sí, mi general, muchas veces lo he andado!

—Y de aventado… ¿qué tanto?

—¡*Pos usté* diga y ya verá que no le fallo!

—¿Y… si alguien te pregunta por mí?

—¡En la vida lo he visto, jefe!

—Porque yo sí sé dónde vive tu gente.

—¡Pierda cuidado, general! —dije tragando saliva—, ¡primero me matan!

—'*Tá* bueno, chamaco, sé que eres de fiar.

Dio el último trago a su café y dejó la taza despostillada sobre una piedra para poner sus manos en mis hombros.

—Necesito que vayas hasta San José y te fijes si los carranclas están ahí. Asegúrate de acercarte a los jefes, y si puedes oír *pa'* dónde se dirigen, sería muy bueno *pa'* la causa.

Yo abría más los ojos con cada frase que agregaba Villa a sus instrucciones y no dejaba de decir que sí moviendo lentamente la cabeza.

—Tu caballo es muy grande, llévate la mula de Rodríguez, *pa'* que nadie se fije en ti.

—¡Sí, jefe!

—Si te preguntan qué andas haciendo, dirás que vas a buscar la vaca de tu familia que se perdió desde la semana pasada.

—¡'*Tá* bueno, general!

—¡Órale pues, muchacho, te vas antes de que amanezca!

El halcón

Dejé el campamento al amanecer. El camino que salía de la Ciénega partía a lo lejos un cielo pintado de rojos y naranjas. Nacía el día y yo marchaba al encuentro de una gran aventura: iba a ser el informante nada menos que del general Villa; quería hacerlo bien, debía hacerlo bien. El trayecto que me esperaba rumbo a San José era largo. Monté la mula que el jefe me había dicho, no sin antes despedirme de mi caballo, por si fuera ésa la última vez que nos viéramos.

La mayor parte de las veredas avanzaba por un llano largo que a ratos me aburría. El cielo se fue clareando y pude ver el paisaje del día, ya que de las negras sombras de la noche todo pasó a ser luminoso y colorido. Por la temporada, el verde era abundante y se pintaban de amarillo las laderas, eran las flores que muchas veces servían de bebida en el invierno. Los encinos se veían igual que siempre, ni el frío ni el calor cambiaban su belleza. La mula caminaba lento, yo jalaba el freno de seguido porque no quería llegar tan pronto; debía pensar en lo que se me venía encima. El bamboleo de su trote me hacía extrañar el ritmo suave del Moro. La mula de Rodríguez era un animal manso, fuerte, pero no tenía la estampa de mi caballo, me resultaba fea, y sentía que le robaba grandeza a mi primer trabajo para el jefe.

Me había sentido solo por largo rato en el camino hasta que escuché entre el silencio del campo el clásico sonido del halcón. Miré hacia arriba, lo vi dibujar varios círculos con su vuelo y por un momento pensé que venía en picada hacia mí, pero no, a la orilla del camino se deslizaba una culebra. Lo supe cuando el ave la levantó con agilidad, tal vez era un huajumar, son las que abundan por estos sitios. No pude verla lo suficiente porque el halcón se elevó deprisa. Seguí con la mirada la belleza de su vuelo, batía sus alas con fuerza y planeaba a ratos, luego realizó varios círculos más adelante de donde yo estaba y se perdió a lo lejos.

Pensé que yo era como ese halcón que rondaba primero el territorio de caza, antes de asestar el golpe. Pero tal vez yo sólo era los ojos del verdadero halcón, el que se había quedado en mi pueblo; sí, en ese momento yo era los ojos y los oídos de Villa.

Sonreí y me dije:

Soy un halcón sobre una mula.

Dejé de pensar en eso y me dediqué a repasar las instrucciones del general, pero sobre todo, su amenaza:

Yo sí sé dónde vive tu gente.

O lo hacía bien o el jefe mataría al Nata y a Mariana. Entonces se borró mi sonrisa y aceleré el paso de la mula.

Antes de llegar a San José había un paraje muy impresionante, enormes rocas tapizaban la ladera del cerro que muchos conocían como del Perico, porque en su parte alta la naturaleza, sin necesidad de cincel, talló el perfil de dicha ave. Apenas pasé ese sitio, a lo lejos pude divisar el valle en el que se encontraba el pueblo, detuve la marcha y respiré profundo; era el momento de probar de qué estaba hecho.

En cuanto pasé por el monte que estaba antes de llegar, el guardia que vigilaba la entrada al pueblo me detuvo el paso.

—¡*Quiubo*, chamaco! —dijo luego de levantarse la gorra al punto que pude ver lo pelón que estaba. Tal vez pensó que un muchacho de mi edad no era una amenaza, y su cara tranquila me hizo sentir mejor—. ¿De dónde vienes?

—De la Ciénega de Ojos Azules, señor —dije fingiendo una tranquilidad que no sentía.

—¿Qué andas haciendo tan lejos de tu casa? —dijo con un gesto amable.

—*Pos nomás* buscando a la vaca que se nos perdió desde hace días —respondí eludiendo la mirada del hombre, trataba de encontrar un punto en el suelo, como siempre que mentía.

El hombre revisó con la vista la mula y fue entonces cuando su expresión cambió. Entrecerró los ojos, apretó la boca, se acomodó la gorra y apretó su fusil cuando me dijo:

—¡*Tá* buena tu mula! ¿De *ónde* la agarraste? —me dijo sin quitarme la mirada de encima.

—Es de mi *apá*, ¿no le digo que él me mandó?

—No, ¡*pos* no me habías dicho!

—¡Le juro por la vida de mi mamacita que sí! —le dije más nervioso de lo que hubiera querido, pero la cosa ya no tenía vuelta atrás.

—Da la casualidad que el fierro que *traiba* la mula de mi compadre es este mismo y desde que murió en esa batalla que tuvimos con los villistas, de la mula ya no se supo nada. ¿No andarás tú con Villa?

—¡No, jefe, cómo cree! —dije fuerte—. ¡Andar yo con semejante chacal! —agregué ofendido—. ¡Ando buscando a la vaca colorada! —le dije mientras besaba los dedos en cruz—, ¡se lo juro!

—¡En una nada y hasta vienes armado! —me dijo el militar, encañonándome.

Yo solté las riendas y levanté las manos. Pensé que la misión se había arruinado cuando sonó un disparo, una bala fue a dar justo en la cabeza del carrancista, que cayó muerto en un instante. Ver al hombre tirado en el suelo con la cabeza perforada fue hasta ese momento de mi vida lo más horrible que había mirado. La mula relinchó mientras se ponía en dos patas, también ella se había asustado.

Yo trataba de controlar al animal que seguía inquieto.

¿Quién había disparado?

Pensé mientras buscaba entre las rocas del cerro del Perico y pude distinguir al Gato que agitaba su sombrero desde lejos. A señas me indicó que siguiera avanzando, y eso hice, pero no por el camino ancho, busqué una vereda, pues la tropa no tardaría en venir a ver qué había pasado. Entre pinos y encinos oculté a la bestia. Trataba de calmar mis nervios y arreglar el plan que ya estaba deshecho. Luego pensé en el jefe, no me había mandado solo, había mandado a uno de sus mejores hombres a cuidarme… o a cuidarlo de mí.

Mi respiración se fue calmando y pensé en mi padrino, era algo que no podía desperdiciar: llegaría al pueblo por el otro lado y escondería a la mula en su casa.

Mientras rodeaba San José, alcancé a escuchar el galope de varios caballos, seguramente iban a encontrar a su compañero caído. Ya dentro del pueblo me oculté detrás de unos corrales y pude ver que la tropa estaba ocupada organizándose, un chiquillo en una mula prieta no era novedad para inquietarlos. El sol ya estaba en lo más alto del cielo, avancé hasta la casa de piedra en la que vivía mi padrino y amarré a la bestia detrás. De la casa salía el aroma de frijoles y tortillas calientes. Toqué la puerta y abrió él.

—¡¿Valentín?! —dijo sorprendido—, ¿qué andas haciendo por acá, muchacho?

—*Pos* nada, padrino, que ando buscando una vaca del tío Anselmo y como tenía ganas de verlo, *pos* entré al pueblo. Es bueno estar aquí, desde que murió mi *ma'* las cosas ya no son las mismas —me estaba haciendo bueno en eso de mentir.

—Pasa, hijo, ya me irás contando.

—¿Puedo guardar la mula en el corral?

—Claro, hijo, guárdala, no vaya a ser que estos pelones la vean buena *pa'* la tropa.

—¿Tienen mucho aquí?

—Dos días, dicen en el pueblo que andan siguiéndole los pasos a Villa.

—¿Y *usté* sabe *pa'* dónde van luego?

—*Pos* no, *m'ijo*, nosotros nos mantenemos aquí encerrados, éstos y los otros son la misma cosa y hay que andarse con cuidado.

Mi madrina sonreía mientras me servía un plato y un poco de café, aunque yo no escuchaba lo que ella decía porque muchas cosas llenaban mi cabeza: recordaba al hombre que había quedado muerto en la entrada del pueblo, al Gato desde el cerro y a Villa que esperaba que yo hiciera un buen trabajo, y todo eso me hacía batallar para pasar los frijoles por la garganta.

La noticia

—Si algo me pasa, *aytá* tu padrino *pa'* lo que haga falta —me dijo mi padre antes de irse.

Pero no, fuera del día en que murió mi madre, no volví a verlo hasta esa vez.

La visita que les hice fue más por estrategia que por cariño, lo que realmente me movía era lograr información que le sirviera a Villa.

Le dije a mi madrina que quería ver el campamento, que volvía pronto.

—Habías de quedarte aquí —me dijo ella.

—Lueguito vengo, hace mucho que no veo unos soldados de cerca —mentí de nuevo.

Me fui caminando despacio; bien a bien, no sabía cómo rondar el campamento después de lo que había pasado con el guardia de la entrada del pueblo. Pero lo que debe hacerse, se hace, no hay de otra.

Harapiento como andaba y con los huaraches gastados no llamaría la atención de nadie, era común la miseria en cualquier pueblo, por lo que pude acercarme a conocer más del grupo militar que ahí se encontraba.

La acampada que ahí había era más grande que la de mi pueblo. De no ser por los uniformes, hubiera jurado que era otro grupo de Villa, porque el grueso de la tropa era gente de pueblo, como los otros. Eso me lo decía el color de su piel, su mirada y sus manos, sobre todo sus manos, porque sin proponérmelo, pude ver las de algunos.

—¿Qué andas haciendo, chamaco? Si te ve el coronel, te echará de aquí en corrida —me dijo uno.

Las manos de ese hombre eran callosas, de campo, como las de mi padre. El arado, la barra y agarrar la tierra las maltrata, tal vez para que el campesino no olvide cuál es el lugar al que pertenece.

—¡Qué bonito su uniforme, señor! —le dije.

—Sí, pero no creas que sirve de mucho en la batalla, igual lo agujeran las balas.

—¿Éste es el ejército del gobierno?

—Sí, éste es el bueno.

Sabrá Dios qué movería a esos hombres a elegir el bando, el miedo o el valor, cosas que no andan muy lejos una de la otra.

Al encaminarme hacia los caballos, vi que de un árbol colgaba una bandera y la extendí deprisa para leerla: EJÉRCITO CONSTITUCIONALISTA decían las letras doradas que tenía inscritas cerca de un águila de alas extendidas.

Caminé entre las bestias mientras pensaba en cómo acercarme a los jefes de la acampada, cuando una columna de soldados con el mismo uniforme que ellos llegó al pueblo.

Muchos dejaron de limpiar sus armas para enterarse de quiénes eran los recién llegados al centro del campamento, pero sólo el que iba al frente bajó de su caballo.

Se cuadró con respeto ante quien parecía estar a cargo del regimiento, para luego decir:

—Mi general, vengo desde Villa Ahumada, me envía el coronel Rivas para informarle que mataron al general Gómez.

El hombre de medallas en el pecho que lo escuchaba no pudo ocultar la impresión que le causó enterarse de aquello.

—¿Dónde pasó?

—En el Carrizal, señor.

—¿Villa?

—No, general, los gringos.

—Pero… ¿Cómo?

Hablaban tan fuerte que pude escuchar casi todo lo que decían aquellos hombres.

—Tuvieron que detenerles el paso porque no dejaban de avanzar hacia el sur de la frontera, decididos a encontrar a Pancho Villa.

—Aparte del general, ¿perdimos muchos hombres?

—Casi treinta y como cuarenta heridos, general.

—Y la situación final de la batalla, sargento… ¿cuál fue?

Entonces el hombre sonrió.

—Ganamos nosotros, general, les matamos cincuenta y tenemos muchos soldados negros presos. Ni sus buenas bestias, ni sus soldados negros, ni tanto parque como traían les sirvieron para acabarnos.

Mientras, yo pensaba: *negros*… jamás había visto un negro; luego volví a pensar en lo importante: *¿sería suficiente para Villa saber de esa batalla?*

—Son órdenes del primer jefe que se preparen todos los destacamentos para estar listos, por si de la frontera se despliegan otros frentes de combate.

—Entonces habrá que ir avanzando desde ahora —dijo elevando más la voz para que la tropa iniciara a levantar el campamento—. Por lo pronto tenemos que presentarnos en

Chihuahua, ya después seguiremos buscando a ese bandido de Villa.

El hombre que antes me había hablado se acercó a mí y me dijo:

—Es la guerra, muchacho, 'ora con los gringos, mañana con Villa, pasado sepa Dios con quién; esto no se acaba nunca.

Mientras levantaban el campamento, varios hombres del pueblo se enlistaron como voluntarios para enfrentar al ejército extranjero, porque pelear con Villa era una cosa, pero que los gringos quisieran entrar como Juan por su casa a México, eso no le pareció bien a nadie.

Ya nada tenía que hacer ahí, entonces regresé con mi padrino a su casa.

—¡Quédate, hijo! Los caminos no son seguros, menos de tarde.

—No puedo, debo volver hoy mismo a la Ciénega o mi tío Anselmo va a estar con pendiente.

Me despedí de mi madrina venerando su mano como me había enseñado mi madre.

Corrí sobre la mula como nunca me hubiera imaginado, tan sonsos que se ven esos animales, jamás creí sacarle tanta velocidad a la bestia.

Comparado con el tiempo que hice al amanecer, ahora volaba por los llanos que separaban San José de mi tierra. Eso que había oído y visto tenía que ser de importancia para Villa y nadie más que yo iba a decírselo.

Cuando llegué al campamento de Villa, me dijo:

—Y bien, muchachito, ¿por qué tanto escándalo? Ya sé que los carranclas están en San José.

—Mi general, lo que *usté* no sabe es que hubo un combate contra los gringos y que mataron a un tal general Gómez.

—¿Y cómo sabes que eran gringos?

—¡Un sargento llegó de Villa Ahumada con la noticia!

—¿Qué más dijeron esos buenos *pa'* nada?

—¡Que hubo muchos carranclas muertos y que también murieron muchos negros!

Entonces el jefe se quedó pensando y luego dijo:

—¿Qué más, muchachito?

—¡Que van *pa'* Chihuahua y que ya luego lo seguirán buscando a *usté*!

Villa se quedó pensando como siempre, atusándose los bigotes. Pasaron unos segundos y después soltó tamaña carcajada.

—¡Ésa sí que es una muy buena noticia, chamaco!

—¿Por qué, mi general? ¿Qué no son también ésos sus enemigos? Y dijeron que podía haber más negros aquí cerca. ¡Y lo andan buscando a *usté*! —quise hacerle entender.

—¡Por sí! pero fue a ellos a quienes encontraron —y volvió a soltar la carcajada—. ¡Órale, mis muchachos! ¡Antes de irnos de aquí, esto hay que festejarlo!

Las despedidas

Esa misma tarde en el campamento empezaron a levantar las cosas para la partida, cada soldado ataba a su caballo lo poco que cargaba de pueblo en pueblo y de combate en combate, algunos una cobija, otros llevaban sujetas a la hebilla de las alforjas de la montura una jarra o una taza, sólo unos cuantos protegían sus piernas con chaparreras y polainas. La mayoría llevaba sombrero norteño, pantalones gastados y camisas percudidas, unos cuantos se protegían con chamarras de lana, los demás se cubrían del frío de la noche con sarapes, pero eso sí, armas las llevaban todos.

Después de dejar a la mula prieta, me fui a darle agua al Moro. Estaba acariciándole la cabeza, el cuello y alisándole la crin oscura cuando escuché el ruido de unas espuelas a mi espalda, y al darme vuelta, tuve enfrente al general con las manos sostenidas en el cinto.

—¿Qué, muchachito, vas a dejar tu Moro *pa'* que me lo lleve?

—Ya le dije, general, el Moro es mío, o vamos los dos o se queda, lo necesito mucho porque *'ora* sí voy a buscar a mi padre hasta encontrarlo.

—Nosotros nos vamos en la noche, es más seguro caminar a oscuras —se quedó callado por un momento, como pensando, para luego decir—, esto de la revolución no es la mejor vida *pa'* un chamaco, pero ya demostraste el valor que tienes y, *pos* si quieres, te vas con nosotros, faltaba más, que no se diga que Villa hace menos a nadie. Prepara tus cosas, debemos sacarles ventaja a los gringos y a los carranclanes, que lo único que quieren es verme muerto.

Había llegado el momento *de a deveras*: o me iba con Villa o perdía la oportunidad de averiguar el paradero de mi padre.

Antes de que el sol se metiera, fui a ver a mis tías Rosa y Josefa, que esa tarde estaban juntas. Vi al Nata y a la Mariana, y la garganta se me hizo nudo, a mí me los había encargado mi madre y estaba por irme lejos.

—Por vida suya, cuídenlos mucho, les juro por ésta —dije besando mis dedos en cruz— que cuando encuentre a mi padre, yo vuelvo por ellos.

—¡Pero, muchacho, cómo es que te vas a ir a la bola si eres un escuincle! —dijo mi tía Rosa mientras me daba un abrazo, y yo sentí bonito, era casi como los que me daba mi madre, sincero y con cariño. Yo no era muy grande y las lágrimas aún se me salían fácil.

—Sí, tía, en alguna parte puede estar mi padre herido y voy a encontrarlo. Fíjese que el general Villa duró casi dos meses lastimado, escondiéndose en una cueva —le conté eso mientras me secaba las lágrimas—, no vaya a ser que mi padre esté igual y no tenga ni quién le dé un vaso de agua.

—¡Que mi Dios te cuide, Valentín! Por tus hermanos no te apures, que frijoles no han de faltarles, entre Josefa y yo los sacaremos adelante.

Después de abrazar a Mariana, me hinqué y le dije a Nata:

—'*Ora* tú eres el grande de la casa, la cuidas mucho —y le di la mano como hacen los hombres.

Mi tío Anselmo se quedó muy serio cuando le dije que me iba, que alguien tenía que buscar a mi padre. Arrugó la frente, cruzó los brazos en el pecho y sólo me dijo:

—No te hagas el valiente, chamaco; si puedes, mantente lejos de las balas.

Fue a su cuarto y trajo un viejo sarape que metió por mi cabeza. Yo estiré la mano y le di las gracias.

—No se preocupe, tío, por ésta —le dije besando la cruz de mis dedos— que yo vuelvo.

No me podía marchar sin despedirme de mi madre, así que montado en el Moro fui hasta el cementerio. Me paré frente a su tumba y me puse de rodillas, las manos me sudaban, apretaba fuerte el sombrero que alguna vez fue de mi padre, lo arriscaba nervioso contra mi pecho.

Eso de hablar con los muertos no es fácil y largo rato me quedé en silencio. La hierba cubría el montón de tierra que se alzaba frente a la cruz de madera, noté que su nombre empezaba a borrarse, sería culpa del sol o de la lluvia. *Nomás* volviera, vendría a pintarlo aunque fuera con un tizón de la chimenea. Fijé mi vista en la tumba que estaba a la derecha, tenía una cruz de fierro muy grande, era la de don Manuel, el de la tienda, porque para los ricos también existe la muerte. Regresé la mirada a la tumba que de verdad me importaba y dije:

—Ya me voy, *ma'*, tengo que buscar a mi *pa'*, porque si nadie lo vio morir en combate, ha de estar en alguna otra cuadrilla militar, y yo voy a encontrarlo, *usté* no se apure —no quise asustarla con aquello de que podía estar herido en alguna cueva, aunque a mí ese miedo no me dejaba tranquilo—. No crea que me olvidé de sus chamacos, estuve en casa de las tías y me prometieron cuidarlos hasta que yo vuelva.

A mi padre sólo Villa o la muerte podrían alejarlo de su familia, así pensaba yo, y si no estaba en la Ciénega con los rebeldes, tenía que estar herido. Lo poco que sabía de lo ocurrido en el otro lado me hacía pensar que podía estar en algún pueblo de la frontera o de otra parte, eso quería creer yo antes que imaginarlo muerto.

Besé mi mano para acariciar por último la cruz de la tumba de mi madre; ya de muertos, las despedidas cambian de forma.

* * *

Poco antes de dejar el campamento, yo estaba amarrándome el sarape a la cintura, para que no ondeara con el viento, cuando el Gato llevó a empujones a un hombre frente al general.

—¡Con la *novedá*, jefe, encontré a éste detrás de la iglesia, y *pos* viene armado, y de los nuestros no es. ¡*Usté* dirá, mi general! ¿Qué hacemos con él?

Yo cuidé los movimientos del jefe, muchas historias se contaban sobre su mal carácter, así que estaba por saber si todo aquello era cierto.

—¿Carrancla? —le dijo muy sereno el general y el hombre negó con la cabeza.

—¿Entonces… colorado? —aun cuando él sabía que el ejército de Orozco se había disuelto, bien podía ser algún viejo rencor, pero el hombre volvió a negarlo, y esa vez lo hizo tan fuerte que el viejo sombrero se le cayó de la cabeza. El jefe extrañado le dijo:

—Porque para ser gringo te sobran los huaraches —dijo sonriendo el general—, ¿qué diantres estabas haciendo escondido y por qué vienes armado?

El hombre lo miraba con las cejas juntas y el rostro descompuesto. Respiraba agitado y el sudor corría por su frente. Algo me quedó claro, o no le tenía miedo a Villa, o era mucho el odio para acercarse tanto al campamento.

—¡También *pa'* los robles hay hachas! ¡Maldito! —le gritó mientras lo detenían con fuerza dos soldados, pero aun así, escupió tan fuerte que casi llegó a las botas del jefe.

—*Usté* nomás diga, mi general, ¿en el cerco o en el arroyo? Yo me lo echo.

Haciendo un alto con la mano a su escolta, le dijo:

—Espérate, Gato, deja ver qué se trae éste.

El jefe se puso las manos en la cintura y le dijo:

—No te conozco y no sé qué quieres.

—¿No le dice nada el nombre de Lorenzo García?

—*Pos* no —contestó Villa.

—Era mi hermano, y *usté* lo mandó matar en el Molino.

El general se quedó pensando muy serio y luego le dijo:

—Mira, hombre, esto de la revolución tiene su precio, en estos tiempos o están conmigo o están contra mí, porque yo lo único que quiero es el bien para el pueblo y seguro fue uno de los que no quiso ir con nosotros a Columbus y un cobarde no le hace falta a México, y perros rabiosos... tampoco —le dijo por último para después ordenarle al Gato:

—Llévatelo hasta el arroyo.

Demonios nocturnos

Partimos de la Ciénega ya muy tarde, sólo algunas personas salieron a desearnos suerte y una alargada sombra de bestias y jinetes nos acompañó por poco tiempo. Atrás quedaban las pequeñas casas de adobe y las largas bardas de piedra. Unos perros escuálidos aparecieron a nuestro paso, meneando su rabo mientras corrían un tramo al lado de los caballos, ladrando contentos, cosa que yo tomé como despedida.

Luego de avanzar por veredas, tuvimos que caminar por un arroyo, a oscuras y en silencio, no era divertido. Aunque diversión no era precisamente lo que yo quería, no dejaba de sentir lenta y tediosa esa marcha. Se oía a lo lejos un coyote o tal vez un lobo, y más cerca de mí se escuchaba el golpeteo de las herraduras sobre las piedras y el chapoteo del agua, además del rumor del río que corría discreto, pero sin descanso.

Llevábamos horas de camino en una noche de negrura impenetrable, nuestros ojos no terminaban por acostumbrarse a la oscuridad, pero afortunadamente los caballos pisaban seguro y fuerte.

La columna que marchaba en calma por el río estaba formada por una brigada de rebeldes miserables: sin uniforme y sin comida suficiente, no tenían ametralladoras ni el parque necesario.

Yo los había contemplado días atrás y no entendía muy bien de dónde sacaban la fuerza para permanecer en la lucha después de tanta derrota que les había escuchado. ¿Qué motivaba el valor para enfrentarse a la muerte en los combates, muchas veces ante fuerzas militares superiores a las de ellos?

Una idea me rondó mientras los veía: eran hombres solos, muy solos, no había una casa ni una familia que los esperara, de otra forma no podría entenderlos.

Mientras sujetaba las riendas con la mano derecha, con la izquierda apretaba fuertemente el escapulario que me había dado mi tía Rosa para que me protegiera en caminos y en batallas. Yo no tenía idea de si su poder tendría tanto alcance, pero la angustia que me invadía era menor con la imagen de san Sebastián en mi pecho.

De pronto, varios estruendos rompieron el silencio de la noche, eran disparos a lo lejos. La marcha se detuvo, no podía ser que el primer combate que iba a presenciar fuera tan pronto y de noche. Mi corazón empezó a latir con fuerza, mis ojos casi se salían de sus cuencas; estaba asustado. Permanecimos quietos por un largo rato en el agua, hasta que los del frente consideraron que el peligro había pasado. La voz del coronel Fernández se escuchó no muy fuerte.

—Salgan del arroyo, no es seguro avanzar por el momento.

—¿Quiere que vaya a ver, mi coronel? —dijo uno de los soldados entre susurros.

—'Tá bueno, González —dijo el hombre para luego dirigirse a todos nosotros—: Y nada de cigarros, menos fogatas, ¿entendido? Si no quieren que nos caigan encima.

Sacamos los caballos del río y nos metimos entre las jarillas que lo bordeaban, y aunque el espacio era reducido, como pudimos nos acomodamos unos junto a otros en un pequeño claro del monte, bajo un encino que, a juzgar por su tronco, debía ser muy grande. Sentado en una piedra, saqué de mi morral una gorda con frijoles que llevaba para el camino, me comería sólo una, porque no tenía idea dónde hallaría comida luego, cuando me diera hambre. Escuché cómo los hombres mordían algo, seguramente eran manzanas, que abundaban en la Ciénega. Eran las primeras de la temporada, pequeñas y verdes, ácidas y jugosas; ésa fue la cena de aquellos hombres.

Mientras guardaba mi bastimento, pensaba que esa noche era de las más oscuras que había visto. Luego de esas ideas, observé cómo una pequeña luz dibujaba la silueta de los hombres que tenía enfrente, lo mismo pensarían los otros porque se giraron sobre sus talones para ver el origen de aquello.

Eran dos puntos luminosos que nos contemplaban como ojos de exterminio.

Por un momento creí ver hermosas luciérnagas, como las que brotan en tiempo de aguas bajo los manzanos de las huertas, danzando de aquí para allá, pero no, ésas eran luces sin movimiento.

En el pueblo se contaban historias de aparecidos, de brujas y demonios, pero nunca me atemoricé tanto al escucharlas como esa noche. Los puntos fueron creciendo en tamaño y luminosidad hasta alcanzar la forma de dos cuernos blancos.

¿Un toro brillante?

Pensaba sorprendido mientras los hombres empezaron a desenfundar, algunos encañonaban con su carabina a aquel ser que parecía brotar de la tierra.

—¡Que *naiden* dispare! —dijo uno de los jefes con voz apagada, pero firme—, no vamos a delatarnos porque ese toro nos esté asustando.

Los hombres bajaron sus armas no muy convencidos, porque ya para ese momento la cara de todos nosotros era tan clara como si una enorme lámpara nos estuviera enfocando.

Pero aquello siguió creciendo, era imposible que fuera un toro, los cuernos eran gigantescos para ser de un animal así. No era raro que yo estuviera asustado, pero que los bravos rebeldes estuvieran espantados no me hacía sentir seguro.

—¿Qué demonios es eso? —preguntó uno de los hombres, quitándose el sombrero y persignándose en desorden.

—¡Pregúntenle al general qué hacemos con esto! —dijo otro impaciente.

—No olviden que Villa no duerme entre nosotros y no sabemos dónde está, así que quietos, somos muchos para una sola cosa, sea lo que sea, de aquí no sale viva.

Imitando al líder de esa noche, dagas, cuchillos y machetes fueron desenvainados, todos estaban dispuestos a pelear cuerpo a cuerpo si era necesario.

Pero los cuernos siguieron creciendo más y más, tenía que ser un demonio. Esa brigada estaba llena de asesinos.

Nadie va por la vida sin pagar deudas de sangre.

Pensé yo, tratando de encontrarle una razón de ser a la aparición que contemplaba.

Para nuestra sorpresa, en cosa de segundos aquellos cuernos se fueron elevando hasta unirse uno a otro, formando un enorme columpio con las puntas de una luna que desde lo alto debía reírse de nuestro miedo. La gran soberana se apoderó del cielo oscuro e iluminó la cima de la sierra de los Piñones, al oriente de la Ciénega. Uno de aquellos cerros se había unido a la broma del astro, partiéndolo en dos.

Cuando todos la vimos instalada en lo alto del cielo, los hombres bajaron sus armas haciendo temblar sus bigotes mientras ahogaban sus carcajadas.

Fue un descanso la forma en que terminó aquel incidente nocturno, porque estaban acostumbrados a enfrentarse a las balas, pero aquello de pelear contra demonios era cosa distinta.

Rapiña

Desperté sobresaltado cuando la luz del sol me dio en el rostro, y por un momento no supe dónde estaba. Me levanté encandilado, y luego de tallarme los ojos, busqué un rincón apartado para orinar; los otros hacían lo mismo, pero sin una gota de vergüenza. Me incomodaba mi pequeña hombría entre aquellos hombres ya tan hechos, pero ellos ni en cuenta, sólo marcaban seguros el territorio pisado por villistas.

Luego de mojarnos la cara en el río, cada quien se acercó a su caballo, todas las bestias habían pasado la noche atadas al enorme tronco que encontramos en la noche. Preparábamos las cosas para seguir el camino cuando Villa apareció de repente, pues según supe, era su costumbre dormir en el lugar menos esperado por la tropa. Pobre general, de ese tamaño era su desconfianza, temía hasta de sus propios hombres.

Sin más desayuno que el agua de la botella que cada quien cargaba, montamos los animales, y por indicación de Beltrán, el segundo al mando cuando el jefe no estaba, abandonamos el río para dirigirnos a un rancho cercano. Por la información de la avanzada nocturna, se supo que era ahí donde se habían hecho los disparos, pero que ya todo estaba en calma.

Luego de iniciada la marcha, Villa tomó de nuevo su sitio en la retaguardia. Siempre creí que iría adelante, animando a su gente a conquistar todas las plazas, pero no. Ésa era otra muestra de su cautela, su espalda la cuidaba él mismo, aunque adelante, muy de cerca de él, cabalgaban el Gato, González y Trillo, el hombre que había estado al lado del general desde que empezó la lucha, y para ellos no importaba qué tan desconfiado fuera el jefe, le eran leales hasta la muerte.

No habíamos caminado mucho tiempo para salir de ese monte cuando quedaron a nuestra vista poco más de una docena de casas. Al igual que en otros pueblos miserables, la mayoría era de abobe y una que otra de piedra.

Tanta calma era sospechosa, y aunque yo no sabía mucho de la guerra o de peligros, algo dentro de mí me decía que tuviera cuidado, que no avanzara.

Lo mismo debió sentir Villa porque desde la retaguardia frenó a su caballo con un fuerte "¡ooh!" y todos nos detuvimos.

—¡Mire, mi general! —dijo González señalando con el dedo una mula que pastaba tranquila en un descampado a las afueras del pueblo.

—¡Está cargada, jefe, vale más protegernos, por ahí deben de estar los otros! —dijo uno de los hombres.

—¡Sí! Un animal cargado no se deja suelto así *nomás*, aquí pasa algo raro —dijo levantando el ala de su sombrero, tratando de ver a lo lejos con más claridad. Entonces observé a la mula que tenía en el lomo un artefacto desconocido.

—¡Esperen! —dijo el general—. Vamos a llegar por el otro lado, por si acaso es una celada. Semejante ametralladora es una gran tentación, pero si vamos directo, quedaremos en la mira de quien la esté vigilando.

La tropa se dividió en dos bandos y salimos en direcciones contrarias rodeando el pueblo para evitar caer todos juntos en una trampa.

Yo decidí seguir la misma dirección que el Gato, pues desde el día en que salvó mi vida ante aquel carrancista, se ganó mi respeto. Su valor y habilidad me inspiraban para seguir entre esas personas. Si el Gato se había hecho hombre al lado de Villa, bien podría hacerlo yo de la misma forma.

Cuando llegamos al sitio opuesto de donde nos encontrábamos, sin ningún inconveniente entramos al pueblo, siempre manteniendo la cautela necesaria.

Aquel lugar parecía un pueblo fantasma. De una casa salió una mujer con delantal y un paño que protegía sus cabellos. Su andar cansado, las canas que escapaban de la pañoleta y su rostro marcado por arrugas nos hicieron abandonar la desconfianza.

—¡Buenos días, abuela! —gritó uno de los hombres, descansando sus brazos en una barda de piedra mientras se dirigía a la mujer que con desgano sacaba agua de un pozo.

—¿Abuela? ¡Abuela mis narices! ¡Yo no soy tu abuela! ¡Ladrones! ¡Asesinos! —gritaba la anciana con tal rabia que ni la dulzura de su edad pudo suavizarla un poco.

Me extrañó que la mujer hablara con tanto enojo, creí que Villa era importante en todas partes, al menos la Ciénega lo había recibido de manera distinta. Fuera de aquella anciana, sólo los perros estaban cerca dando fe de nuestra presencia, ladrándoles a los caballos.

Los gritos de aquella señora debieron llamar la atención, porque de una casa cercana empezaron a salir varias mujeres vestidas de negro. Algunas llevaban un rosario entre las manos y las niñas cargaban flores contra su pecho. Aquello debía de ser un funeral, ese ambiente lo tenía bien conocido. Algunos de nuestros hombres se quitaron el sombrero en señal de respeto cuando vieron que de la puerta colgaba un moño negro, pero el jefe no lo hizo, tenía callo en eso de la muerte.

Las mujeres y los niños nos veían con miedo; noté que no había hombres. En ese momento la misma anciana que nos recibió a gritos volvió a decir:

—¡Malditos, esperen a que vuelvan los hombres que quedan en el pueblo y les van a dar hasta por debajo de la lengua! —y alzaba repetidas veces la mano, batiendo el viento—. ¿No les bastó con los muertos de anoche? —puso las manos en la cintura, desafiante—. ¿Vienen por más? ¿O van a recoger los cuerpos? —la burla sonaba extraña en aquella boca sin dientes—, porque si no se los llevan, serán alimento para los perros del pueblo.

—¡Por mí los puede hacer tamales, vieja gritona! —contestó uno de la tropa para luego soltar una carcajada.

—No, señora, nosotros no tuvimos ningún combate anoche —agregó Beltrán—. Serían carrancistas, defensas o qué sé yo, nosotros sólo oímos los disparos.

—¡Amarillos, verdes o colorados, todos son la misma cosa! —decía aventando la mano en señal de desprecio—, pero olvídense de seguir haciendo de las suyas, Santa Rita ya está armada y ningún bandido va a venir a robar nuestras cosas, llevarse a sus mujeres o matar a sus hombres —dijo eso con más energía.

Villa desde atrás hizo una seña ladeando la cabeza, la tropa continuó la marcha ignorando a aquella mujer que seguía gritando amenazas. Yo deseaba que la paciencia del jefe no llegara al límite.

La mula cargada era el objetivo y los pasos del regimiento avanzaron en esa dirección, pero antes de llegar a ella encontramos un campo sembrado de cuerpos, llevaban el uniforme de los carranclanes, cubiertos de polvo y sangre. Sobre rocas o bajo pequeñas trincheras, estaban doblados sobre sus armas.

—¿Dónde estarán los hombres del pueblo, general? —dijo González viendo el espectáculo de aquel campo.

—Siguiendo a algunos, imagino —dijo el jefe—, pero ahora nosotros a recoger las armas.

Entonces descendí del Moro con un nudo en el estómago; rodeaba con miedo o con respeto aquellos cuerpos. Los muertos que yo había visto en mi vida estaban bien peinados, con flores y rosarios en el pecho. Éstos estaban manchados y polvosos, con la cabeza abierta o el pecho destrozado y nubes de moscas revoloteaban sobre ellos. Y como dijo la anciana, algunos ya estaban siendo comidos por los perros. Era seguro que esas imágenes me traerían pesadillas por largo tiempo.

—¡Apúrate, chamaco! Las defensas no tardan en volver y no les vamos a convidar de todo esto —me dijo deprisa un soldado con una sonrisa, mostrando ventanas entre los dientes—, recoge todo lo que puedas.

—¡Déjense de tarugadas y carguen con el armamento! —dijo Villa con el ceño fruncido—, no me dirán que les van a quitar los calzones a los muertos.

Ese día supe que el jefe no era un animal de carroña, la guerra era la guerra y las armas eran necesarias, pero eso de ir encuerando los cuerpos no era de hombres cabales.

Caminé entre los muertos, buscaba el arma necesaria para seguirles el paso. La vi pronto, estaba en los brazos de un hombre de bigotes blancos. Yo haría que su compañero, ese fusil, siguiera en la batalla. Lo toqué con miedo, pretendí levantarlo, pero el hombre desde la muerte se negaba a soltarlo.

Por un segundo recordé a mi madre, no hubiera querido que su hijo hiciera aquello.

Robar no es de hombres, hijo.

Me había dicho siempre.

—No es momento para tener respetos —dijo el Gato cuando me ayudó a quitárselo al muerto—, o nos lo llevamos nosotros, o ya lo harán otros luego.

Y de mi mente se borró mi madre. Yo empezaba a ser un hombre y un hombre hace lo que debe cuando hace falta. Si de sobrevivir se trataba, un escuincle desarmado no iba a encontrar a su padre, con eso justifiqué mi robo y me eché el fusil a la espalda mientras de otro muerto tomaba las cananas.

* * *

Al tiempo que caminábamos por el interior de un *presón* seco, vimos en la orilla a la mula pastando tranquila, sin saber el tesoro que llevaba encima.

Los primeros en acercarse gritaron contentos:

—¡Es una Vicky, general!

—Parece que la suerte nos vuelve a sonreír, muchachos, jálenla, que no faltara ocasión para estrenarla.

—¿Vicky? —dije lleno de confusión y sorpresa.

Luego de hacer el trabajo para el jefe en San José, me gané su confianza y casi creo que también su afecto. Quizás a él también le hacía falta la familia, tal vez un chamaco cerca, así que bien podría hacerlo olvidar por un momento que la guerra estaba en todas partes. Me miró con aprecio y me dijo:

—Sí, chamaco, así le llaman a las Vickers, y has de ver la cantidad de muerte que vomita en un segundo —dijo el general mientras montaba su caballo.

Al final del día, el Gato me preguntó qué haría con ese rifle si nunca había disparado un arma. Eso mismo iba yo pensando cuando abandonábamos Santa Rita, mientras la gente de luto nos miraba con desprecio.

Reencuentro

El fusil golpeaba mi espalda al ritmo de la marcha del caballo, magullaba mis huesos como si quisiera recordarme que llevaba la muerte a cuestas, me retaba a usarlo bien en combate.

No había marcha atrás, desde el momento en que arranqué el fusil de las manos de ese muerto, mi destino se escribió.

¿Tendría acaso la obligación de matar a algún hombre?

Porque mi deseo no era otro que el de encontrar a mi padre; entre mis planes no estaba convertirme en asesino.

Nunca imaginó el carrancista que dejamos tirado entre las moscas que su fusil viajaría conmigo sobre el Moro, y lo peor de todo, que serviría a las fuerzas de Francisco Villa. Porque les gustara o no, yo era un dorado más desde el momento en que salimos de la Ciénega.

Ese día caminamos sin descanso. De Santa Rita salimos mucho antes del mediodía. Cuando avanzamos con rumbo al norte, el sol nos daba justo en la espalda. Los sarapes fueron quedando atados a la cabeza de las monturas; debajo del sombrero el cabello se apelmazaba con la humedad que escurría hasta las cejas. Así eran esos territorios del país, de día el sol era abrasador y de noche tiritábamos bajo los jorongos.

Además del calor y del cansancio, sentía cómo se movían inquietas mis tripas por el vacío de toda la mañana. Mi bastimento guardaba aún dos gordas de frijoles, pero eran muy poco para alimentar a todo el regimiento, y eso de comer yo solo no me parecía correcto.

La marcha de aquellos rebeldes avanzaba de dos en dos, en un silencio que ya después de varias horas se volvió triste. Sí, triste, porque sobre aquellos caballos iban hombres cansados, sucios y pensativos; hombres comprometidos con aquel que había sabido mover el espíritu de tantos mexicanos, sólo que eran ya muchos años del ir y venir cubriendo tantas bajas en los combates.

El jefe cabalgaba atrás, en silencio. Yo hubiera dado al mismísimo Moro por conocer un poco de lo que pasaba por su cabeza. En la tropa todos le tenían respeto, admiración y miedo, miedo de que despertara la bestia que muchos ya habían visto y que viajaba dentro de él, discreta, pero al acecho.

La caminata que esa vez se decidió fuera de día avanzaba por una vereda oculta en el monte, siempre cuidándonos de los viajeros que transitaban por el camino real más cercano. La mayor preocupación eran los conjuntos militares contrarios, porque desde que Carranza inició esa lucha sangrienta para acabar con el jefe, en muchos pueblos se habían organizado grupos armados para defenderse y los flancos de peligro se habían multiplicado.

A la vanguardia del regimiento iba uno de los vigías de Villa, el Zurdo, un hombre que, según decían, tenía mirada de lince. Poco después de que nuestra sombra fuera creciendo por la derecha, el Zurdo levantó de repente su mano izquierda y frenó a su caballo. Su llamada de atención a las filas hizo que despertáramos de aquel letargo tan prolongado y aguzáramos nuestros sentidos. El Zurdo jaló las riendas y corrió hasta donde cabalgaba Villa.

—Mi general, una *polvadera* se divisa a lo lejos, *usté* dirá qué hacemos.

El jefe no contestó, pero para mi mala suerte, fue en mí en quien clavó su mirada de tigre. Por un momento creí que pasaría lo mismo que en San José, que me mandaría por delante. Pero no, tal vez el fusil lustroso que asomaba por mi espalda borró de mí la inocencia que buscaba el general. Volvió sus ojos al Zurdo y le dijo:

—Adelántate y llévate al chamaco por si acaso, un padre y un hijo bien pueden andar cazando en el monte.

Nuestra revisión no tuvo que acercarse tanto a la cuadrilla que venía por el camino real, unos cuantos metros avanzados le bastaron al Zurdo para sacar sus conclusiones y decirme que regresáramos.

—No son muchos y no *train* bandera, jefe; puede que no sean de cuidado.

—Todos prepárense por si acaso —el escuadrón se replegó al monte y cada uno buscó un lugar seguro para el ataque. Yo regresé al lado del Gato.

Los caminantes quedaron a nuestra vista en unos minutos, eran cinco y tenían un aspecto tan o más lamentable que el nuestro.

El grupo observado curiosamente hizo un alto en esa parte del camino. Necesidades del cuerpo o un descanso del trote sobre el caballo los hizo bajar de las bestias. Cuando apuntaban de manera obscena hacia nosotros, con el descanso que

da al cuerpo desocupar la vejiga, los hombres suspiraron rela-
jados y uno de ellos se limpió la frente con la mano para luego hacerse aire con el sombrero que se había quitado.

—¡*Pos* si el gordo de guaripa gacha es Rosendo, mi compadre! —dijo contento uno de nuestra tropa, y la ansiedad se
borró de su rostro mientras buscaba la respuesta del jefe a su
comentario.

—¿Rosendo? —dijo el general con gran asombro—. ¿Qué
no se quedó del otro lado?

—*Pos* sí, jefe, pero parece que no.

Continuábamos agazapados tras unas rocas mientras el jefe
y el hombre que parecía reconocer a uno de los suyos seguían
quietos, contemplando a los otros que no les eran para nada
conocidos. Había que guardar distancia, todos esperábamos
la orden de Villa.

—Ni modo, Lupe —le dijo al hombre con el que dialo-
gaba—, vas a ser tú el que les salga al encuentro.

—Sí, mi general, lo que *usté* diga, *alcabos* es mi compadre,
pos qué caray.

El villista avanzó hacia el grupo. Estiraban la piernas y
bebían de una enorme garrafa, primero uno y luego otro.

Lupe se acercó despacio, eran tiempos inciertos y corría
el riesgo de que su compadre fuera ya de otro bando, aunque
tal vez podría confiar en el parentesco.

Apenas salió de entre los mezquites, los hombres del camino lo rodearon con sus rifles.

—¡*Épale, épale*! Compadre Rosendo, ¿qué ya no me conoce?

Entonces el gordo bajó el rifle y se levantó el sombrero.

—¡Compadre! ¿*Pos* qué anda haciendo por acá tan solo?
—le dijo sorprendido—. Porque viene solo, ¿verdad, compadre?

—*Pos* sí, ando igual de perdido que *usté*, ¿qué no se quedó en el otro lado? Yo ya lo hacía comiendo *calichi* —Lupe decía todo eso con desenfado, mismo que orilló a los hombres del gordo a bajar un poco la guardia.

Efectivamente, Rosendo era un villista en desbandada, ¿pero los otros? Tenían una mirada dura y no soltaban el rifle, quizás ellos también desconfiaban de él, y no era para menos, se trataba de la época de sobrevivencia para los rebeldes. Carranza tenía el poder del gobierno y se había encargado de convertir de nuevo a Villa en un criminal, en un prófugo de la justicia. Eran tiempos de cautela para todo mundo.

—¿Y *pa'* quién dispara ahora, compadre? —le dijo Lupe al gordo Rosendo, temiendo la peor de las respuestas.

—No, compadre, yo ando buscando a Villa, no es de hombres andar cambiando de principios —dijo eso muy serio—. ¡O semos o no semos! ¡Qué no! —el gordo vio que Lupe no quitaba la vista de sus acompañantes y quiso calmarlo—. Estos amigos vienen conmigo desde Palomas y están dispuestos a irse con Pancho Villa, porque no hay mejor hombre que él en esto de la bola.

Todo lo que dijo llenó de tranquilidad a Lupe, porque de no haber sido así, yo creo que él mismo hubiera tenido que matar a su compadre.

Lupe agitó su sombrero volteando hacia el monte, la tropa entendió que no había peligro y uno a uno empezamos a salir de entre los árboles.

—¡Mi general! —gritó con júbilo el gordo, mientras los otros cuatro miraban sorprendidos a la leyenda de la Revolución que ese día tenían frente a frente.

—¿Qué pasó contigo, Rosendo? Todos te creímos muerto.

—¡*Pos* ya ve que no, jefe! ¡Soy corrioso como *usté*! —dijo el hombre enterrando los dedos debajo de la barriga para atorarlos en la hebilla de su cinto—. ¡Aquí me tiene, vivito y coleando!

—¿Y éstos? —preguntó Villa refiriéndose con la mirada a los cuatro hombres que acompañaban a su soldado.

—Son de confianza, jefe, son de la familia que me ayudó a escapar de Columbus. Viven en Palomas y estaban en casa de un pariente cuando yo me oculté entre unos bultos de leña que había en su patio.

—Y por qué estabas escondido, ¿qué no íbamos a pelear contra los gringos?

—¡Jefe! Cuando los gringos despertaron y tomaron las armas, yo me fui derechito al almacén, pero en eso se soltó la balacera y pude ver el piso tapizado con los nuestros. La cosa ya no tenía remedio. De ahí escapamos Martínez, don Lolo, el Zarco y yo.

—¿El Zarco? —dije motivado por mi asombro—. ¡Ése es mi papá! ¿Dónde está?

—*Pérate,* chamaco —me dijo el Gato poniendo su mano en mi hombro para calmarme—, ya luego platicamos nosotros con él, deja que el jefe hable.

—*Pos* no se diga más, Rosendo —comentó Villa—, déjame darte un abrazo, es como ver que alguien regresa de la tumba. Nos han pasado tan pocas cosas buenas que esto hay que celebrarlo, pero salgamos del camino, no vaya ser que nos topemos con indeseables.

—¿Y qué planes tiene *pa'* seguirle dando a la lucha? —preguntó Rosendo mientras caminaba al lado del jefe para internarse en el monte.

El general movió la cabeza de un lado a otro, como negando para sí mismo.

¿Era posible que el mismísimo Villa no tuviera idea
de lo que debía hacerse para acabar con la pelotera que ya no
tenía ni pies ni cabeza?
¿A poco sólo su odio a Carranza lo mantenía en la lucha?

Yo iba detrás de ellos, todo lo que dijeran podía serme de utilidad, pues la mayor pista sobre el paradero de mi padre la tenía delante de mí. Era ese hombre que cargaba su peso hacia la derecha al caminar y que tenía una enorme barriga que se desbordaba sobre el cinto.

Un castigo inesperado

Al llegar a la hacienda de Los Remedios, vimos que esta-ba casi abandonada. La bonanza de ese lugar era historia, según dijeron unos hombres de la tropa. Los dueños se habían ido, estaban muy lejos, fuera del alcance de los rebeldes.

Para mí era un lugar impresionante. Luego de haber cre-cido entre casas de adobe, aquella enorme construcción me hablaba de la riqueza de sus dueños. Un gran frente ador-nado con un portal sostenido con poderosos arcos de piedra rosada nos daba la bienvenida. Ni las marcas de tiroteos, ni los cristales rotos disminuían su belleza. La altura de la caso-na era considerable, tenía que estirar mi cuello para alcanzar a ver las formas que resaltaban en lo alto de los muros. Pero no todo ahí era belleza: de atrás de la casa grande salieron algunos peones flacos, tristes y vestidos con ropa miserable.

La riqueza no está repartida como debiera.
Las manos que arrancan el fruto de la tierra son las
que menos disfrutan de su beneficio.

Le escuché decir días antes al jefe.

Al vernos, los hombres se sintieron en peligro y levantaron las manos para dejar en claro que con ellos no era el pleito.

Justamente, uno de la tropa había sido peón de ese lugar. Bajó de su caballo, se quitó el sombrero y con la mano fue despejando el cabello de su frente para que sus viejos compañeros de trabajo lo reconocieran.

—¡Soy Jacinto! ¡Jacinto Reyes! —dijo sonriendo a los que tenían las manos en alto.

—¿El Chueco? —dijo uno de ellos haciéndose visera con la mano para verlo mejor.

—¡El mismo que viste y calza! —contestó avanzando con una ligera cojera de la pierna izquierda.

—¡Chueco! Tu vieja ya no vive aquí, se marchó con tus chamacos *a luego* que te fuiste.

—Ni hablar, Macedonio, los hombres de la revolución no tenemos más vieja que ésta —dijo mientras sujetaba con fuerza la pistola que llevaba enfundada a la derecha del cinto.

—¡Qué tal si dejamos los saludos hasta ahí y vamos buscando una buena vaca *pa'* comer, muchachos! —dijo Villa mirando hacia el horizonte, y sí, al fondo de los potreros había varias reses.

La tropa bajó de los caballos y se dirigió a la sombra de unos mezquites que estaban junto a la capilla.

—¡Órale, muchachos! Esos animales los dejamos precisamente nosotros *pa'* este tiempo, si no, los hubiéramos vendido todos juntos —afirmó con un tono entre burlón y de amargura—. ¡A matar a la vaca y esta noche nos estaremos dando la gran cena!

—Sí, mi general —dijo uno de los hombres mientras se quitaba deprisa la carabina y el sarape.

Un toro de enormes cuernos, sin sospechar las intenciones del matancero, vino a su encuentro, y ni su bravura ni su tamaño pudieron detener la bala que le dio en la frente.

Mientras destazaban al animal, me acerqué a observar la tarea. No sabía si después de ver las vísceras colgadas en la cerca del corral y el terreno pintado con sangre mi apetito sería el mismo.

—Ya estaba viejo el torito —decía el hombre—, ya le tocaba terminar en las brasas —agregó sonriendo—. ¿Ves cómo está roja la carne? —me instruía—, verás más al rato qué sabrosa —terminó diciendo eso mientras se frotaba las manos animado.

Luego de ver el trabajo de carnicería, me acerqué a Rosendo en el momento en que se encaminaba a conocer la casa grande por dentro junto con los Palomos, que así nos dio por llamar a sus compañeros.

—Aunque probablemente no somos los primeros en hacerlo en estos tiempos de guerra, ya veremos si queda algo de interés para nosotros —dijeron los de adelante.

—Pero que no nos vea el jefe… si no, la que se arma.

—No será pa' tanto —dijo uno de los Palomos—. En la bola se vale de todo —dijo sonriendo.

—Yo mejor no lentro —dijo el que había hecho la primera advertencia y salió de allí haciéndome una seña con las cejas. Pero mi curiosidad era mucha, así que me quedé en lo que algún día había sido una elegante sala, después vacía y desgarrada. Nunca había visto una escalera dentro de una casa, así que decidí subir. Era como ver muchas casas dentro de una sola. De las paredes colgaban algunos cuadros de las personas que probablemente habían sido los dueños, sus sonrisas hablaban de la dicha con la que ahí vivieron. Y digo "habían sido dueños" porque si las cosas salían como el general deseaba, la casona podía convertirse en hospital, o por qué no, en una gran escuela.

Mientras regresaba al primer piso, vi que los Palomos salían de otros cuartos. Habían dicho que buscarían la cocina, tenían hambre o sed, ambas seguramente, pero sus bocas sonrieron cuando uno de ellos alzó una botella.

—¡Tiene aguardiente! —dijo el Palomo contento. Era raro que a esas alturas de la revolución aún hubiera hallazgos de ese tipo, pero dijeron que ahí estaba, empolvada y medio oculta entre frascos vacíos en una cómoda de la cocina. Los hombres sonreían, tal vez creían que algo de alcohol les alegraría la tarde.

En eso estábamos cuando el Gato entró y me dijo que lo siguiera. El momento de amigarme con el fusil que colgaba en mi espalda había llegado. El Gato llevaba una bolsa con platos y algunas botellas vacías; la clase empezaría pronto.

Caminamos rumbo a un descampado, a gran distancia de la hacienda. No queríamos que mis pininos en el uso de las armas fueran a resultar en una baja sin combate.

Cuando llegamos al lugar que según él era seguro para aprender a usar el rifle, me sudaban las manos y no podía evitar sentirme nervioso. No nacimos para matar, al menos eso pensaba yo en ese tiempo, pero tenía que vencer ese sentimiento de respeto por la vida.

El Gato hablaba y hablaba sobre las bondades del alcance del rifle, que según decía él era de más de ciento cincuenta metros. Después colocó varias botellas a lo lejos, aunque no a lo que correspondía al fusil, porque yo no podría hacerlo a esa distancia, así que había que empezar con algo mucho más cercano.

—Vamos a ver de qué estás hecho, Doradito —dijo el que estaba convirtiéndose en mi maestro en el arte de la guerra.

—Amaciza el fusil contra tu hombro. La primera vez es muy fuerte, sentirás que te golpea, y el ruido casi te deja sordo. Pero luego te vas acostumbrando.

Decía tanto que yo no podía entender por mis nervios, pero de que yo era bueno para aprender, lo era, ya lo vería el Gato.

—Y no cierres el ojo, que no hace falta —corregía a cada momento—. Pega la culata a tu cachete *pa'* fijar la mira y tu tiro será más seguro.

El entrenamiento avanzó con muchos tiros fallidos, pero mi miedo fue cediendo.

—Traje platos para lanzarlos al aire —dijo rascándose la cabeza—, pero si no le das a las botellas, mucho menos al plato.

El sol empezaba a ocultarse cuando regresamos a la hacienda. Mis tripas gruñían inquietas, pero la emoción que desataron los disparos aún corría por mi cuerpo y eso era superior al hambre de varios días.

Cualquiera hubiera creído que Villa arreglaba todo con las balas, pero ese día me di cuenta de que no.

Desde lejos vimos que en la hacienda había todo un zafarrancho. Villa azotaba con su cinto a uno de los Palomos. Sí, era el que había alzado las botellas de vino.

—¡Ya valió madres! —dijo el Gato.

El jefe le daba de cinturonazos sin parar al hombre que estaba en el suelo, a un lado había quedado la botella hecha trizas.

—¡Somos revolucionarios, no ladrones ni borrachos! —le gritaba con el rostro desfigurado y enrojecido por la ira—.

¡O te queda claro o te fusilo! —y agitaba el cinto como si fuera un látigo—. ¡Aquí no hay de otra! —cerraba el puño y se lo ponía al Palomo justo en las narices—. ¡Hoy es con el cinto porque eres nuevo, *pa'* la otra será con mi pistola!

El hombre chillaba como un niño.

—¡Ya entendí, jefe, no me mate! —decía el hombre cubriéndose el rostro con los brazos, tratando de evitar los golpes.

Todos los hombres habían partido de sus casas para apoyar a un centauro, y en un descuido terminaban entre sus cascos.

La bola amasaba sentimientos muy fuertes. Porque si la revolución dejó miles de viudas y huérfanos, Villa adoptó a esos padres ausentes como sus propios hijos. Era rudo, muy rudo, pero era como un padre.

Y mientras el general abrochaba la hebilla de su cinto y se alejaba con un trozo de res en la mano, nos dijo:

—A éste no le den carne hasta mañana.

Aquí descansa Francisco Villa

—Qué te puedo decir, chamaco —me dijo Rosendo después de morder con ganas un pedazo de carne tostada—, entre las balas es difícil cuidar a los otros. Disparas, corres o te cubres si la ves perdida. La muerte viene montada en cada bala, hay que capotearlas o no la cuentas.

Algunos de la tropa se interesaron en nuestra plática, pero mi entusiasmo fue disminuyendo mientras oía que el hombre no sabía mucho del paradero de mi padre.

—La balacera duró muy poco y cuando ellos respondieron desde el cuartel, fue un reguero de gente. Ellos tenían ametralladora y *pos* no nos dimos a basto.

Ya en ese momento toda la tropa se había acercado a escuchar el final de la historia, historia que ellos mismos empezaron, pero de la que no pudieron ver el final.

Del jefe ni rastro, hacía rato que se había ocultado como siempre para dormir en el monte, a él no lo tanteaba nadie.

—¿Pero vio a mi *pa'*? —le dije con insistencia al sobreviviente de aquella batalla—. Dicen que traía un sombrero negro.

—Los vi irse por detrás de las llamas; sí, eran Martínez, don Lolo y el Zarco. Tiraron antorchas dentro de la tienda del tal Ravel y salieron a galope *pal* norte del pueblo. Luego no volví a verlos.

El hombre guardó silencio, como pensando, y luego de agarrar una piedra, la estrelló contra el fuego.

—¡Ese desgraciado! ¡Cabrón hijo de la chingada de Ravel, por su culpa nos *redotaron* en Celaya los carranclanes! Balas huecas, no avanzaban ni veinte metros *pa'* cuando *caiban* al suelo. Mira que llenarlas de madera en lugar de plomo. ¡Cómo iban a matar si parecían de juguete! Y nuestros muertos por todas partes. ¿O no, Trillo?

Él asintió en silencio. Dorados de ese tiempo quedaban unos cuantos, pero esos pocos aún tenían fresco el recuerdo de las miles de muertes de la División, y también afirmaron con la cabeza.

—Mi caballo salió herido y no alcancé a subirme al *diotro* —regresó en su mente hasta Columbus—. Corrí entre las llamas, todo era humo y disparos. Brinqué la barda de una casa a las orillas del pueblo y me estuve quieto detrás de ella. Pero eso sí, les hicimos una quemazón que no *lan* de olvidar nunca —dijo sonriendo.

Mientras todos escuchábamos atentos, la oscuridad alrededor se fue haciendo más intensa, brillaban las brasas al centro del grupo y un coyote aullaba a lo lejos.

Rosendo siguió hablando:

—Estaba amaneciendo cuando volví a escuchar disparos y me puse contento, yo *creiba* que era mi general que había vuelto *pa'* seguir dándoles, pero no. Desde allí pude ver cómo los prisioneros iban cayendo frente al pelotón de fusilamiento. Eran algunos de los nuestros —dijo muy serio—, tres o cuatro. Lo hicieron derechitos y sin quebrarse. A la revolución *venemos* a eso, a morir. Desde donde yo estaba me *per-*

siné mientras los oí gritar con fuerza: "¡Viva Villa, hijos de la chingada!" Luego supe que a otros los torturaron *pa'* hacerlos hablar, pero *pos* cómo saber dónde estaba el general. Si ni estando en la tropa, menos encerrado.

Dos de los Palomos estaban a un lado de Rosendo mientras él hablaba. Ellos eran viejos resentidos con el país del norte, pues aquélla había sido la tierra de sus abuelos y de sus padres, su tierra desde siempre, hasta que un día terminó convertida en ajena. Hay odios que no se acaban nunca.

—Fue una suerte atinarle a la casa de estos mexicanos, que si no, yo también hubiera ido a dar al quemadero de cuerpos que hicieron luego.

—¿Y yo podría llegar hasta allá donde se quedó mi padre? —interrumpí al hombre.

—'*Orita* ni moverle, chamaco, *traimos* a los gringos pisándonos los talones. Yo mismo los *vide* salir de Columbus unos días después del combate. Eran miles y miles, todos andan buscando al jefe.

—¿Son los negros de los que hablaban en San José?

—Ésos son —dijo el Gato, que estaba a mi espalda—. Si tu papá está vivo y aún es de los nuestros, lo volverás a ver. Los villistas somos así: nos buscamos siempre.

—En eso pensé cuando la tropa de Pershing salió de Columbus —dijo Rosendo—. Yo no tuve miedo por el jefe. Ya lo hemos visto juntar gente '*onde* quiera, y lo volverá a hacer. La División del Norte será tan fuerte como antes, ¿o no, muchachos?

Dijo contento el gordo. Traía el entusiasmo encendido desde el encuentro con el general. Buscaba la aprobación de todos, pero la energía de lo que quedaba de aquel ejército no era la misma. La determinación de Villa se mantenía viva por el deseo de venganza, y sus hombres lo seguían como un hijo leal al que no le importa el éxito o la derrota de su padre con tal de honrarlo.

—Ya estuvo bueno de historias —dijo alguien. Tal vez no quiso contestar a la pregunta de Rosendo o de verdad tenía sueño—. Hay que dormir porque mañana tenemos que avanzar rumbo a Sonora.

Eran demasiadas historias como para poder conciliar el sueño. Pasé largo rato de la noche contemplando el cielo, alguna de aquellas estrellas podría ser la de mi madre…

Si tan sólo pudiera verla, si pudiera aconsejarme.

"Sonora" habían dicho. Yo no tenía ni idea de si estaba cerca de Columbus o no, pero lo que me había dicho el Gato reanimó el entusiasmo que movía mis pasos.

* * *

Aún no amanecía cuando algunos dorados ya andaban removiendo las brasas. Debajo de ellas estaba latente el fuego que se había hecho el día anterior para asar al viejo toro.

Habían conseguido algo de café con los peones y lo disfrutaban a gusto. Beltrán estiró su taza para compartirla conmigo. El café recorría mi garganta y llegaba hasta mi estómago de una manera deliciosa. Lo sentí entibiar mi cuerpo, que aún tiritaba por el frío de la mañana.

El hombre que había destazado al animal el día anterior repartió el resto de la carne asada, y nos encargó que la hiciéramos rendir durante el camino.

El jefe llegó frotándose las manos, pero para darse calor más pronto tomó una taza de café que le ofreció uno de sus hombres.

—¿Listos, muchachitos? —y una caterva de gritos y chiflidos se desató entre la tropa.

—Ya verá ese catrín perfumado quiénes son Villa y sus dorados —de nuevo los gritos mientras todos montaban.

El regimiento se fue alineando para salir de la hacienda, pero tuvimos que detenernos a un lado del camino porque algunos hombres estaban cavando una fosa. Villa los veía terminar su trabajo. Junto al hoyo había muchos huesos que por su tamaño, color y restos de carne fresca supe que eran del toro que nos sirvió de cena.

Yo aprendía pronto de asuntos entendidos y no pregunté para qué hacían eso.

La profundidad del hueco era más que suficiente para ocultar aquellos restos. Lanzaron al fondo lo que quedaba del viejo toro y mi asombro siguió en aumento. Luego lo cubrieron completamente, y al final se alzó un montón de tierra, como el que queda cuando sepultan a alguien en el cementerio.

Y para completar mi confusión, vino otro hombre y clavó con fuerza una rústica cruz en la tierra suelta con un letrero al frente que decía: AQUÍ DESCANSA FRANCISCO VILLA.

Recompensa

Marchamos sin rumbo por semanas enteras, acampando de día y avanzando de noche. Otras tantas veces permanecimos escondidos en las montañas, para finalmente definir el rumbo. Tal vez la terrible derrota que había sufrido el jefe en Agua Prieta hacia casi un año lo hizo cambiar de planes, o quizá sería su sistema para despistar al enemigo y a los traidores. Al final, la cabalgata terminó dirigiéndose rumbo a Durango. El camino se volvió pesado, rodeábamos pueblos, y andábamos de noche, en los arroyos, sin comida y a veces sin descanso. Yo era el más chico de la tropa y curiosamente era también el más cansado. O al menos eso pensaba, porque el rostro de cada hombre era siempre el mismo, como si no sintieran nada.

¿Sería tal vez un grupo de fantasmas armados que vagaban
sin descanso por la sierra de Chihuahua?

Porque si lo pensaba un poco y con cuidado, no había visto sangrar a ninguno. Si eran tan bravos como lo decía su fama, por qué no había habido combates que me dejaran ver si aún eran mortales. Deseaba confirmar que no cabalgaba al lado de un ejército de almas en pena.

Estaba por oscurecer mientras pensaba tremendas tonterías. Tal vez era por el cansancio, por el hambre o por la sed, pero ya me lo estaba creyendo cuando el jefe habló fuerte:

—Aquí es, muchachos, las señas no mienten —observó con cuidado todo alrededor y se bajó del caballo.

—¿Cómo le hace, jefe? —dijo uno de sus cercanos rascándose la cabeza—. En medio de la nada puede saber exactamente dónde dejó el clavo.

—Siempre habrá un cerro, una piedra o un árbol diferente que me remueva la memoria —dijo casi sonriendo—. Éste es de los últimos, hay que aprovecharlo.

El paraje estaba desierto. Yo no podía imaginar cuáles eran esas señas de las que hablaba Villa, porque fuera de las rodadoras y el polvo que se me metía en los ojos, para mí nada era sobresaliente.

El grueso de la tropa bajó de los caballos y se formó un círculo en el sitio señalado. Lo primero que hicieron fue remover la tierra. Cavaron largo rato hasta golpear contra algo duro: eran varias piedras de gran tamaño. Luego de sacarlas, encontraron unas cajas de lámina oxidada, aún resistentes, lo supimos cuando una de las piedras chocó con ellas.

—¡Órale, muchachos, a darle!

Para sacarlas hicieron falta dos hombres. Tenían enormes candados que parecían sellados por el óxido. El general se puso de rodillas, sujetó uno de ellos y lo contempló por un momento, después realizó lo mismo con el otro. Se puso de pie, dio unos pasos hacia atrás y buscó entre su ropa. Yo pensé que de alguna de sus bolsas sacaría las llaves, pero lo que sacó fue su revólver. Disparó el arma y rompió la hojalata que sostenía los cerrojos.

Ese hallazgo le dio sentido a la cabalgata, al hambre y al cansancio.

Yo había oído hablar de tesoros, de entierros, pero no había imaginado nunca la emoción de estar presenciando eso. Por un momento pensé que algún aparecido brotaría de las entrañas de la tierra, como se contaba en las historias del pueblo.

Siempre habrá alguien al cuidado de los entierros.

Pensé en las historias que tantas veces me habían contado en el pueblo, así que cuando el jefe se disponía a abrirlas, grité asustado:

—¡General! Tápese la boca con el pañuelo, dicen que las monedas enterradas sueltan un gas que puede matar al primero que se acerque a ellas. ¡Por vida suya, tápese! —le supliqué.

Villa empezaba a ser para mí casi como el padre que andaba buscando y no iba a perderlo.

El general sonrió como no lo había visto hacerlo en mucho tiempo y me dijo:

—Mira, muchachito, que te vaya quedando claro: Pancho Villa es inmortal —y la tropa soltó un fuerte "¡Viva Villa!" seguido de un coro de chiflidos—. Te agradezco que seas de los pocos a los que todavía les importa mi vida —pero no se cubrió la boca.

La luz de la luna iluminó el contenido, la primera caja estaba repleta de joyas y monedas de plata. Al abrir la siguiente pudimos ver cartuchos, miles de cartuchos.

—'Ora sí van a sobrar sombreros —dijo Villa acariciando la pistola que llevaba aún en la mano.

Debajo de las joyas había papeles amarillentos y polvosos. El general se hincó, revolvió entre ellos y sacó del fondo unas placas de fierro.

—¿Y eso vale mucho? —le dije bajito al Gato.

—Con eso se hacen los billetes, seguro vamos a venderlas —me contestó sin quitarle la vista al general.

Guardaron las joyas en las alforjas de la escolta del jefe y fueron entregando los cartuchos a los hombres. Las cananas quedaron repletas, así como los bolsillos; el parque restante se guardó en algunas talegas vacías.

La operación de la cruz se repitió en ese sitio. Los dorados se persignaron entre risas, y seguimos la marcha. El andar volvió a tomar su paso y su murmullo.

* * *

Después de todo un día sobre las bestias, ya nos estábamos acercando a la segunda casa de Villa: Parral. Era allí donde íbamos a comprar provisiones.

—Pero la ciudad está tomada, mi general —le dijo uno de los hombres.

—Precisamente por eso quiero entrar, *pa'* mostrarles a esos tales quién manda —dijo con la mano en la pistola—. Baez nos está esperando, hay que llevarle toda la plata y las placas. Casi oscurece, esperemos unas dos horas y a caerles. Lleven las joyas, vendan las placas y se regresan, tú sabes dónde, González. Y no se les olvide traer algo de provisiones.

—¿*Nomás* eso, jefe?

Villa sonrió y se quedó pensando.

—'*Ora* que si los reconocen, un bailecito a punta de pistolas no les *cairía* mal.

Al jefe nadie le discutía. Cuando quedó claro lo que habría de hacerse, tres hombres marcharon rumbo a la ciudad, y el resto del grupo buscó un lugar en el monte para que descansaran las bestias. Después a esperar, recargados en los encinos de un cerro cercano, sin fuego ni cigarros, como siempre.

Las tripas me gruñían fuerte y el que estaba a mi lado me dijo:

—¿*Pos* qué comiste sapos, Doradito?

Ese apodo me molestaba, pero era tanto mi cansancio que no le dije nada. Yo esperaba que el sueño llegara. Quieto y sin hablar, el hambre se sentía menos.

—Malditos changos, ellos comiendo calientito y nosotros aquí, sin lumbre y sin comida —se quejó alguien en la oscuridad.

Hecho ovillo debajo del sarape, luché por entibiar mi cuerpo, hasta que sin darme cuenta me quedé dormido.

En esta aventura yo crecía pronto, más por dentro que por fuera. Me sentía orgulloso de acompañar al general, aunque cómo me hubiera gustado andar con él en los tiempos de triunfo. Y en el sueño de esa noche así lo hice, cabalgaba cerquita de él, perseguíamos carranclanes, tomábamos Chihuahua y repartíamos dinero a los pobres, pobres como nosotros.

En el sueño yo volvía a la Ciénega y ahí estaban el Nata y Mariana, orgullosos de su hermano que regresaba con su padre: lo había encontrado entre la bola.

* * *

Los emisarios de Villa llegaron antes del amanecer y se unieron a nuestro descanso. El relinchar de los caballos me sacó de ese sueño maravilloso para traerme de nuevo a la realidad. La urgencia de mi cuerpo me hizo buscar un sitio apartado para orinar.

Vaciar la vejiga era de los pocos placeres que gozaba en el día. Pensaba en eso cuando mi vista se clavó en un recoveco del cerro, en su parte baja había un hondable. Agua cristalina que en otros tiempos me hubiera hecho saltar desde las peñas cercanas. Me encaminé hacia ahí, y la pureza del agua me hizo recordar mis olores. Levanté un brazo y acerqué la nariz a mi axila, de inmediato la arrugué y cerré los ojos. No había de otra, tenía que meterme aunque fuera de pasadita. Qué divertido sería tener cerca a mis amigos y saltar desde lo alto, pero nada de eso era posible, de modo que me desvestí y poco a poco entré al agua casi congelada. Limpié mi cuerpo del sudor y del polvo de tantos caminos.

Cuando salí del agua tiritando, escuché unos disparos. El ruido venía del campamento. Me vestí deprisa y corrí hacia el Moro, que seguía atado a un encino. El animal estaba inquieto por el ruido, pues no era un caballo de tropa con experiencia, así que le acaricié el cuello y le dije que se quedara en silencio, cruzando mis labios con un dedo.

Mi madre me dijo alguna vez: "Cuidado con lo que deseas".

Apenas el día anterior había querido ver la sangre de aquellos dorados, y había llegado la ocasión de hacerlo.

Me acerqué con cuidado. Al parecer, la tropa que seguía durmiendo cuando me interné en el monte fue sorprendida por varios hombres armados. Desde donde estaba, pude ver que habían disparado sin piedad sobre los que trataban de sacar sus armas de entre los sarapes. Todo sucedía demasiado rápido. Dos de los extraños cayeron al suelo heridos mientras otro, jalando la rienda de su caballo bruscamente, gritaba:

—¿*Pos* no que aquí estaba Pancho Villa? —dijo sorprendido, gritando—. ¡Vámonos, aquí no está!

No sabían estos hombres que el jefe no dormía con la tropa; nunca sus precauciones resultaron tan exitosas como esa mañana.

La sorpresa de los disparos debió alertar al jefe. Lo vi cuando se acercaba y arremetía contra los enemigos, uno de ellos cayó al suelo y los otros salieron a toda prisa. Militares no eran, pude verlos. Los cascos de los caballos se oían entre la nube de polvo que se había formado en la escapada.

Nadie osaba tocar a las fuerzas villistas sin pagar el precio.

Entonces comprendí por qué llamaban a Villa el Centauro. Fundidos por la rabia y el valor, bestia y hombre eran una sola cosa que se arrojó contra los hombres que habían asesinado a los suyos. Lo vi galopar a toda carrera, casi sin sujetar la rienda para así poder disparar su rifle. No tardó en darles alcance y acabar con ellos, eran ocho y todos quedaron tirados en el camino. Esos tipos no imaginaron lo que les iba a costar querer madrugar a Pancho Villa.

Monté al Moro con una agilidad que no me conocía y me uní a los hombres hasta llegar al lugar donde Villa se encontraba viendo los cuerpos. Uno de los dorados preguntó:

—¿Y éstos qué? —dijo viendo al jefe.

—Bien puede ser gente de mi compadre Urbina; éste era su territorio.

Y como de costumbre, después de algo así, alguien esculcó entre las ropas de los hombres, aunque no se esperaba un gran hallazgo, vestían tan miserables que hasta a mí me dieron lástima.

—¡Mire, jefe! —dijo el que removía los cuerpos tratando de darle un papel al general—. Se parece a *usté*.

Villa se atusó los bigotes mientras leía:

SE BUSCA VIVO O MUERTO

A PANCHO VILLA.

5000 PESOS DE RECOMPENSA

—En qué poco valoran mi cabeza —dijo el general al tiempo que hacía bola el papel para luego tirarlo a un lado del camino.

Mariela

Cuando la tropa sepultó a sus hombres y se dividió por órdenes de Villa, sólo un grupo de veinte personas caminamos a su lado hacia la tierra llamada Durango. Yo no veía ninguna diferencia entre ésa y la mía. El polvo era seco, el viento de noche cortaba como navaja y los matorrales grises, bajos y espinosos nos espiaban a lo largo de las enormes llanuras por las que cabalgábamos. Todo era igual que en mi tierra, nunca pude ver la línea que me indicara "Aquí se termina Chihuahua". Pero aunque el lugar no tuviera nada de especial, y el polvo y el sol calaran de la misma forma que antes, algo había que reconocerle: Durango era el sitio donde había nacido mi general Villa y eso lo hacía diferente.

Cruzamos una zona bastante hundida, desértica, desolada, como una bolsa en la tierra. En medio de ese lugar estábamos cuando se vino tremenda polvareda, pero no era una de las que yo había sentido en Chihuahua; era una verdadera tormenta de arena la que enfrentábamos.

El viento se vino fuerte, cargado de una nube de tierra que por un momento nos dejó a ciegas. Fueron segundos o tal vez minutos, pero a mí me parecieron eternos. Nos pegamos a las bestias abrazándonos a sus cuellos, como puntales que nos protegían de aquello que parecía la lengua polvosa del diablo que luchaba por devorarnos.

Cuando todo pasó, los lomeríos cambiaron de lugar y de forma dejando al descubierto algunos huesos en la arena. No llamaron la atención de los hombres, pero a mí sí me sorprendió verlos.

En las llanuras me había tocado ver huesos de perros, de caballos, de vacas, y hasta los de algún coyote, pero aquello era distinto. Me bajé para observarlos de cerca y caminé por el terreno blanco. Era sal, según dijeron algunos al verme sentir el polvo blanco entre mis manos; nunca lo hubiera imaginado. La voz del jefe sonó a mi espalda:

—Son huesos de pescado, Valentín.

Quise sonreír por escucharlo decir mi nombre, pero eso de que fueran pescados le ganó a mi sonrisa.

—¿Pescados aquí, general?

—Sí, muchachito, antes aquí había agua y *pos* luego aquí había pescados. Estamos en Mapimí, Durango.

Pancho Villa era el hombre más inteligente que yo había conocido después de mi padre. Mira que saber dónde estábamos, de qué eran aquellos huesos y decirlo con tanta calma hacía que mi respeto por él creciera.

—Y '*ora,* jefe, cómo sabremos por dónde seguir, si con esa tormenta la tierra cambió de forma.

—A mí nunca se me ha resistido un camino, ¿sabes por qué?

Yo le contesté negando con la cabeza.

—¡Porque yo los inventé, muchachito!

Toda la tropa rompió en carcajadas, el general montó su caballo y todos hicimos lo mismo, había que seguir el camino.

—¿Quién tiene hambre? —dijo con voz fuerte el jefe.

Todos gritaron afirmando, contentos.

—*Pos* a comer tunas, jálenle *pal* mezquite aquel —dijo al frente de la tropa, señalando el rumbo con la cabeza.

A los lados del mezquite había nopales morados. Sí, morados; yo sólo los había visto verdes. Cada quien se encargó de su propia cena: cortaron tunas moradas y pencas con los cuchillos. Uno de ellos me prestó su daga, pelar tunas y nopales era algo que yo sabía hacer muy bien, seguido lo realizaba en casa.

Después de haber comido cuatro o cinco tunas, me sentí satisfecho. Reposamos un rato la marcha y la orden de seguir se dio en la tarde, pues seguiríamos, como de costumbre, por la noche.

* * *

Estaba por amanecer cuando vimos unas luces a lo lejos.

—Llegamos a Torreón, muchachos —dijo el jefe levantándose un poco el sombrero como para ver mejor a lo lejos.

—¿Cuántas veces hemos tomado Torreón, jefe? —preguntó Fernández.

—Tres —dijo Fernández desde su caballo—. Tremenda batalla la del catorce.

El general agregó muy serio:

—Y las que faltan.

—En Torreón le tienen mucho miedo al jefe —dijo otra voz adelante.

Pero yo pensaba que en Torreón "también" le temían al jefe, porque le tenían miedo en todas partes.

No entramos de lleno a la ciudad, más bien nos fuimos buscando rumbo por la orilla. Ahí encontré otro parecido con mi tierra: la pobreza. Era la misma que yo había visto en los pueblos de Chihuahua, los perros igual de flacos, los adobes lavados por la lluvia, las ropas viejas de la gente y los niños descalzos en las esquinas. Entonces pensé:

La miseria es parte de la vida de todo el mundo.

Aunque el jefe aún tenía espías en la ciudad, la comunicación era mala y no sabían de nuestra llegada. Con aquellos sarapes y la capa de polvo blanco encima llamábamos la atención fácilmente, así que nos dirigimos a una finca en las afueras, donde nos darían refugio por varios días mientras el general armaba sus planes.

Todo el grupo se bañó en el patio, y llegó el momento de comer frijoles. Hacía tanto tiempo que no los comía que recordé con gusto el sabor que en otro tiempo no me parecía tan sabroso.

Luego de almorzar, llegó la hora de dormir, pues habían sido muchas las horas de camino. De pronto una música llegó a mis oídos, y en lugar de descansar, quise saber de dónde venía.

El Gato salió detrás de mí, y a la vuelta de unas casas tuvimos ante nosotros un lugar que parecía de fiesta, con banderillas de papel y puestos de comida por todas partes.

Caminamos entre todo eso hasta llegar a una capilla donde la gente entraba cargada de flores.

—¿Por qué llevan tantas flores? —le pregunté a una anciana que avanzaba detrás del grupo, a paso lento.

—Es la fiesta de San Juditas, niño, descúbrete la cabeza —y me tumbó el sombrero de un manazo—. ¿No sabes que es el único que puede ayudarte en las causas difíciles y desesperadas?

Ayuda es precisamente lo que yo necesito.

Me quedé pensando en eso, en lo de las causas difíciles y desesperadas, pues exactamente así era mi búsqueda. Decidí entrar a aquella capilla y rezar todo lo que había aprendido de chico para pedirle una sola cosa a ese santo: que me hiciera el milagro de encontrar a mi padre.

Eso de rezar me trajo un hondo consuelo, era como sacar mi preocupación y dejarla ahí, al pie de aquella figura que parecía no tener descanso ante tanta necesidad.

El Gato no entró, pero lo volví a encontrar entre la gente cuando salí de la iglesia. El barullo era enorme, pero ese día me estaba sirviendo como no había esperado.

Era un tiempo de descubrimientos, y una tarde entendí que estaba dejando de ser un niño. Lo supe mientras escuchaba una melodía que brotaba de una caja de madera, un hombre la sostenía sobre un palo y le daba vueltas a un brazo como de molino. Estaba disfrutando de la música cuando una niña morena llamó mi atención más de la cuenta. Tenía unas trenzas largas y negras que colgaban por su espalda, su piel brillaba con el sol y sus pestañas rizadas se movían lento cuando parpadeaba, o así lo creí yo. Traía un vestido verde con flores amarillas, como un campo de girasoles, y la tela dibujaba su cuerpo, un cuerpo que empezaba a ser el de una mujer.

En esa contemplación estaba cuando el Gato, sonriendo con burla, me empujó.

—¿Te gusta, Doradito?

—¡Claro que no! —le dije molesto, pero sentí la cara caliente y me retiré de aquel sitio.

Regresé a la casa donde dormiríamos y me entregué al descanso. El rincón que me tocó supo de mi sueño profundo, reparador y hermoso, porque ahí estaba ella, moviéndose alegre al ritmo de la música que brotaba de aquella caja de madera. Ella caminaba bajo aquel cielo de banderas de papel picado mientras los olanes de su falda se movían al compás del viento.

* * *

Al día siguiente, la mañana avanzó sin alguna novedad, porque el jefe sólo se dedicó a planear las visitas requeridas por aquello de los centavos, que nunca eran suficientes. Yo me ocupé en acicalar al Moro y en echar una mano donde hiciera falta. Pero por la tarde la volví a encontrar, sí, a la chiquilla que se había colado en mis pensamientos. La vi ocupada, vendiendo palomitas en unos cucuruchos que llenaban una enorme canasta.

Si tuviera dinero para acercarme...

Me esculqué entre las bolsas mientras mantenía la mirada en ella. Alguien me tocó el hombro con algo duro. Era el Gato que me ofrecía una moneda de cinco centavos, me sonrió y me guiñó un ojo, luego me dio un empujón y con las cejas me indicó que me acercara a la niña. Así lo hice y me decidí a hablarle:

—¿Cuánto cuestan? —fue todo lo que le dije.

—Un cinco —me contestó bajando la mirada.

Pagué las palomitas y me quedé mirándola.

Mariela se llamaba aquella niña que despertó en mí la voz que me decía: "¡Háblale!"

¿Cómo supe su nombre? Fácil, me lo dijo su madre.

—¡Mariela, chamaca, apúrate! ¿No te he dicho que no te le acerques a esos hombres? —dijo una mujer sin quitar la mirada de mi fusil—. *Nomás* de ver a las mujeres las dejan con un escuincle.

Luego la jaló del brazo haciendo que sus trenzas volaran de su espalda mientras Mariela giraba la cabeza para verme por última vez.

El jefe estaba contemplando la escena de la despedida y se acercó a mí para decirme:

—¿Te gusta, muchachito?

—Es muy bonita —tuve que reconocer ante él; mientras, sonreía sin quitarle la vista de encima a Mariela.

—¿Usted tiene esposa, general?

—Sí, muchachito; varias, *pa'* ser sincero. Pero me he casado con todas como se debe. Merecían una boda, no he de ser yo quien las haga pecar, eso que me lo dejen a mí, ellas son buenas.

Todo y nada

—La falta que me hace Fierro —dijo el general a la tropa—, nadie como él para cobrar deudas; con miedo no hay quien se resista.

—No se apure, jefe, aquí estoy *pa'* lo que haga falta —ofreció el Gato poniendo sus manos en las pistolas que colgaban de su cinto.

Pero ni esa oferta borró la tristeza de los ojos llorosos del general mientras recordaba a uno de sus confianzas muerto un año atrás. Villa, para ser tan rudo, era de llanto fácil.

El jefe dividió a la tropa en cinco grupos para hacer los cobros. Los empresarios de Torreón debían el impuesto de la Revolución y tratos eran tratos, por tanto había que hacer valer sus órdenes en todas partes.

El administrador de la División del Norte, un banquero de Torreón, tenía tiempo fuera de México; lejos de Villa se sentía seguro y últimamente no respondía a los llamados del jefe.

—Mire que confiar en un traidor como De la Garza —le dijo Fernández.

—Que no se te olvide, necesitábamos mantener a la División —le recordó el jefe— y él nos dio el dinero en charola de plata.

El recorrido por la ciudad se hizo con cautela, pero sólo se reunió un poco más de la mitad de lo esperado.

Los hombres llegaron con el dinero de noche y el general sonrió satisfecho, en esas épocas era imposible esperar el mismo éxito de hacía tres años.

—'*Ora* sí, muchachos, vamos limpiando el camino hasta Chihuahua —dijo poniéndose de pie mientras hablaba—. Quinientos mil pesos servirán; dejemos los guardaditos *pa'* más adelante. Entre esto y lo del entierro servirá *pa'* comer, vestir, *pa'* pagar a las viudas y algo habrá que repartir entre los pobres. Y que se agarre Murguía porque le vamos a dar hasta por debajo de la lengua —dijo marcando una a una las palabras mientras sus ojos de tigre dejaban ver su rabia.

Pasado un rato, tomó algunos periódicos que estaban en la mesa del cuarto y me los dio.

—A ver, muchachito —me dijo—, ven, vamos a leer esto.

No todos los de la tropa sabían leer, y yo, en silencio, le agradecía al general por darme trabajos como ése. Era una oportunidad para estar más cerca de él, y de pasada, me daba un lugar especial en la División.

—Claro que sí, mi general.

—Este periódico tiene por costumbre hablar de mí. Anda, léemelo todo.

Era la primera vez que leía para Villa, y aunque mi lectura era buena, me equivoqué varias veces:

—Tu padre leyó para mí algunas veces; leía de corridito.

No pudo darme mejor aliento que mencionarlo.

—"Villa entra a Santa Rosalía, quemazones en Ojinaga, doce fusilados en San Antonio; Francisco Villa no se detiene" —quité la vista del papel para ver la reacción del jefe ante las barbaridades que estaba leyéndole.

—Síguele, muchachito, qué no ves el poder que tengo *pa'* estar en todas partes al mismo tiempo —dijo casi sonriendo—, si serán tarugos.

Luego de leer varias hojas supe, por voz del general, que había varios grupos de villistas. Andaban regados por todas partes y tenían por costumbre siempre gritar un "¡Viva Villa!" después de sus ataques.

Al terminar la lectura, me retiré a cenar con los Mendoza, la familia que nos daba cabida.

Cuando acabé, quise ayudar a la señora a moler un enorme bote de nixtamal que estaba cerca del molino de mano.

A vuelta y vuelta, vacié el bote con más gusto que cansancio.

—Gracias, chamaco, los otros están en la galera —y sonriendo, me animó a salir de la cocina.

Nunca fui malagradecido, pero mis atenciones en esa casa también eran por la necesidad de sentirme en familia, pues me recordaba a la que alguna vez había tenido.

Extrañaba los tiempos de tranquilidad, cuando papá regresaba de la labor y la cena estaba lista. Me atrapó la tristeza al pensar en el poco tiempo que había bastado para quedarme sin nada.

* * *

Entre un montón de mazorcas y otro de frijol estaban sentados los hombres de la tropa, que platicaban a gritos. Los villistas estaban hechos para las armas, tanto tiempo sin acción los tenía inquietos y malhumorados. El sabor de la vida lo medían en combate. El alcohol les estaba prohibido, entonces buscaban las emociones de otra forma, así que esa noche, jugando a la baraja, sin dinero para las apuestas, decidieron hacerlo con la vida. Eran seis los jugadores y, en cada ronda, el de menor juego se encañonaría un revólver cargado con una sola bala.

Sentado lejos del grupo, yo veía cómo reían y barajaban contentos, la pistola estaba al centro, mustia pero poderosa, en espera de hacer su jugada.

El primero en retar a la muerte fue Beltrán, y lo hizo sereno, o al menos eso creí cuando puso el arma en su pecho. Apretó el gatillo y nada. Todos suspiraron aliviados.

Un *ful* marcó la derrota de Chávez en la segunda ronda, se escuchó el sonido del gatillo sin disparo y todos liberaron un suspiro de nuevo.

Cuando el perdedor de la siguiente ronda fue uno de los Palomos, el silencio se volvió a hacer presente, sólo el ladrar de los perros llegaba desde afuera. Para su fortuna, también corrió con suerte.

Hasta Rodríguez, que era tan vivo, se puso la pistola en el pecho, pero salió bien librado de aquel juego macabro.

Quedaban dos turnos y las probabilidades de sobrevivir eran pocas. Rosendo perdió con un ridículo par de cuatros en la mano ante un póquer de ases de Beltrán. Su frente sudaba y su risa sonaba nerviosa cuando les dijo:

—¡No le hace! *Al cabos* que a morir *venemos* a esto de la bola —mientras, ponía la pistola cerca del corazón. Como una última broma del destino, del arma sólo se escuchó un *click* que le devolvió el alma al cuerpo.

Pero la tranquilidad de Rosendo duró poco, porque como dicen por ahí: "Al que le toca, le toca". Minutos más tarde, Rosendo volvió a perder cuando en su mano no había ni un par que le salvara el orgullo ante la flor imperial que mostró Fernández.

—¡Ah, qué caray! Bien dije que en Columbus me le escondí a la muerte, y miren hasta dónde me vino a alcanzar.

—Ya estuvo bueno —dijo Rodríguez levantándose del piso, tratando de quitarle la pistola a Rosendo—. La bala la acomodé yo *pa'* parar el jueguito al último, ninguno de nosotros va morir por pendejadas. Déjalo así, Rosendo, esto sólo es un juego.

—¡No, señor! —dijo el perdedor—. Aquí no se raja *naiden*. ¿*Pa'* que luego se diga entre los changos que en las filas de Villa hay un cobarde? ¡Eso nunca!

Un disparo alborotó a los perros que estaban en el patio.

El jefe estuvo a punto de pasar por las armas a los cinco jugadores que quedaron, pero entre el dueño de la casa y el Gato lo hicieron entrar en razón. Yo temblaba al pensar que los mataría a todos.

También por cosas así se morían los hombres en la guerra. Entre las balas de los carrancistas, de los gringos, de las defensas sociales, y las tarugadas de la tropa, eran bien pocas las posibilidades de encontrar a mi padre.

Luego de velar el cuerpo toda la noche en la misma galera, muy de mañana lo cargaron en su propio caballo y fuimos a sepultarlo.

¿Qué era para esos hombres la muerte?
Todo y nada.

A morir habían ido, pero necesitaban seguir con vida para la lucha. No por ellos, que a fin de cuentas no tenían muy claro por qué peleaban. Tal vez ganarle a Francisco Murguía era la meta en esas fechas, pero que el jefe no faltara, porque todo se vendría abajo.

Estuvimos tristes cerca del hoyo, con el sombrero en la mano y la mirada clavada en el fondo, viendo cómo caía la tierra sobre la cobija que protegía al difunto. Las piedras y la arena arrojadas con la pala poco a poco fueron cubriendo el ancho cuerpo de Rosendo, el sobreviviente de Columbus.

El asalto

Salimos de Torreón por necesidad más que por gusto. Luego de enterrar a Rosendo, en varios pueblos de La Laguna supieron de nuestra presencia y no faltaron las visitas desagradables. Las defensas buscaban a la División o a lo que quedaba de ella. Y aunque éramos pocos, les dimos pelea, hasta a mí me tocó velar bala. Ellos eran tercos, pero fue como querer enseñarle a aullar a un lobo, *pos* cómo.

El jefe, entre mañas, condujo al enemigo a los otros lo más lejos que pudo de las casas, pues nunca le gustó que cayeran inocentes. El combate se dio sin loberas ni alambres de púas, como me habían platicado algunos. Cada quien buscó un lugar para protegerse del fuego, yo lo hice detrás de un árbol, no era muy grande pero sí lo suficiente para cubrirme. Mi puntería no era la mejor, y la verdad no me esforcé en darle a nadie. Ruido y polvo hacían una mezcla que me cegaba, sólo quería asustarlos con mis disparos. Yo procuraba tener presente el consejo de mi tío Anselmo: "Mantente lejos de las balas", así que sólo sacaba el rifle para ayudar a los otros, nunca sabré si por error o por fortuna algún cuerpo se topó con mis balas.

El corneta tocó retirada, pero eran demasiados. Ahí acabó tendido uno de los nuestros, quizá no quiso dejar en esas tierras al que había sido su compañero desde la frontera. Sí, ahí se quedó uno de los Palomos para hacerle compañía a Rosendo.

Cuando redujimos la carrera después de dejar atrás a las defensas, vi mortificado al jefe, estaba cansado de perder a sus hombres. La guerra, la muerte y tanto sinsabor pueden llegar a cansar hasta al más duro. Casi estaba seguro de que Villa se encontraba harto de ver morir a los suyos. Eran tan pocos los sobrevivientes de esa lucha absurda que tal vez deseaba terminarla de tajo. Muchos perdían la vida y otros tantos le daban la espalda, y para él la traición era tan o más dura que la muerte. Pero ni modo de rendirse, o caía él o caían sus enemigos. Muchas veces había dicho: "La guerra no se terminará hasta que uno de los dos muera, o Carranza o yo".

Luego de que quedaran atrás el ruido y el olor a pólvora, cabalgamos callados y tristes rumbo a Chihuahua. Tal vez alguno de aquellos hombres rezó un Padre Nuestro por el caído o tal vez sólo haya dicho: "Qué mala pata".

Casi siempre avanzábamos por el monte en largas cabalgatas. Las montañas se volvían valles, y los llanos avanzaban hasta asomarse a majestuosos cañones. De la humedad del bosque pasábamos a la enérgica aridez del desierto, aunque el cansancio era siempre el mismo.

Sin embargo, ese día nos subimos a un camino distinto, a uno de metal. La orden fue sacar unos enormes troncos que soportaban largos y pesados fierros que venían desde el horizonte.

—¿Y esto *pa'* qué? —le dije al que más sudaba, ofreciéndole mis brazos y mi fuerza.

—Ya verás, Doradito, 'ora nos toca descansar. Si esto funciona, viajaremos de regreso, pero 'ora rapidito y sin cansarnos. Iremos en tren.

Había oído hablar de él, pero por la Ciénega no pasaba ninguno. Me quité el sarape y trabajé con ganas, pues si eso se necesitaba para subirse, quitaría todos los maderos que fuera preciso.

Cuando quedó el espacio suficiente bajo las vías, el Truenos, encargado de la dinamita en la tropa, le acomodó una buena carga. Ordenó a gritos que todos nos retiráramos. La mecha encendida corrió como si tuviera prisa por abrir un boquete donde esperaba la bomba, burlona.

Si un rifle ensordece, aquello era peor: trozos de madera, piedras, polvo y fierros retorcidos saltaron para todas partes. Un largo tramo de vías quedó inservible. Eso decían los de la tropa mientras golpeaban contentos el suelo con el sombrero y chiflaban sin olvidar el "¡Viva Villa!".

Algunas vigas quedaron encendidas y una línea de humo se mantenía viva para anunciar el desperfecto en el camino, pues era necesario que el maquinista lo viera desde lejos y detuviera la marcha.

A un lado del riel había un arroyo, para nuestra suerte estaba vacío y con la profundidad suficiente para escondernos. Un descanso en la arena no nos caía mal, porque habíamos cabalgado mucho. Era de día y algunos encendieron sus cigarros.

Cuando el tren nos alertó de su llegada, asomamos las cabezas sin sombrero desde el arroyo. Yo no salía de mi asombro. "Eso" que se vino haciendo más grande conforme se acercaba se ganó todo mi respeto. Era una máquina mucho más imponente que un arado y un carro de mulas juntos. El roce de fierro contra fierro provocó un chirrido desagradable en el momento en que frenó, y después de eso paró delante de nosotros nada menos que el ferrocarril.

Aunque las noticias de que Villa se aparecía por todas partes eran frecuentes, también consideraban que su fuerza ya no era la misma de antes, por eso habían disminuido las precauciones en los caminos. El tren, como cosa rara, no traía guardias ni nada que se le pareciera. Prendidas unas de otras, eran más de veinte cajas gigantescas, unas de madera, completamente cerradas, y otras con asientos y ventanas. De esas últimas asomaban la cabeza docenas de personas asustadas ante la presencia de Pancho Villa.

Todos entramos a los carros, y desde el maquinista hasta los pasajeros tuvieron que apoyar la causa revolucionaria.

—¡Esto no es un asalto! —dijo el jefe cuando habló en el primer vagón—. Es una recolección de fondos pa' la División del Norte.

Hasta a mí me convenció, porque a fin de cuentas no estábamos trabajando más que para beneficio del pueblo, siempre lo decía el general.

A las arcas de la División entraron aretes, relojes, monedas, billetes y uno que otro bilimbique que provocó la sonrisa nostálgica del jefe, pues eran sus propias monedas, las que se hicieron cuando él fue gobernador de Chihuahua.

Estaba visto que el tren no avanzaría hacia el sur, así que la marcha se retomó justo hacia al lugar de donde venía, al norte, al territorio villista.

—Y mucho cuidado con pararse en alguna estación —le dijo el Gato al maquinista—. Este viaje es directo hasta Chihuahua si no quiere que le falten pasajeros.

—Pero, jefe —le dijo el maquinista—, hay que parar a cargar agua.

—*Pos* lo haremos en los arroyos, *usté* se pasa recio por cada estación.

Y el hombre asintió con la cabeza.

Metimos los caballos en dos vagones de carga, mientras que nosotros ocupamos lugares en asientos brillantes y suavecitos, entre los catrines y las damas. Antes se sentarnos, sacudimos los sarapes.

Lo más seguro era que el otro Pancho ya supiera de nuestra llegada a Chihuahua, el telégrafo no se haría esperar con la noticia:

PASA TREN POR JIMÉNEZ SIN DETENERSE.
PASA TREN POR SANTA ROSALÍA SIN HACER PARADA.

Y así en cada pueblo y en cada estación. Emocionado como me sentía al viajar en aquel armatoste, iba pendiente de todo lo que desfilaba por mi ventana, pude ver volar los sombreros de los que esperaban a un lado de la vía en Las Garzas, y en Conchos observé a una mujer de canasta que se persignó al ver aquella máquina sin freno.

El jefe de las fuerzas federales debía estar al tanto de nuestra llegada, y conociendo la gracia de Villa para reunir gente, tal vez pensó que el tren llevaba más de cinco mil hombres, como solía ser la División del Norte tiempo atrás. Pero como no había tal cosa, no nos quedó de otra que bajar antes de llegar a la capital.

Acostumbrado como me dijeron que estaba el jefe a ser recibido con tambora y banderitas, ese día nos bajamos en un paraje en el que sólo sonaba el viento y ondeaban sus ramas unos mezquites solitarios en el llano. No supe si era un arrullo o una chifleta ante nuestra presencia, pero en medio de esos sonidos, una desierta estación recibió aquel remedo de la División del Norte para iniciar la marcha, rodeando la ciudad favorita del jefe, la capital, como indeseables… como apestados.

Cuando Villa montó su caballo, se fijó bien el sombrero para que no se lo quitara el viento, macizó sus pies en los estribos y a pesar del desencanto de una llegada tan poco gloriosa, dijo con entusiasmo:

—¡Vámonos, muchachos, San Andrés nos espera!

Una cuenta pendiente

Me dijeron que el general había nacido en un pueblito lejano llamado La Coyotada, pero por la sonrisa y el brillo de sus ojos, San Andrés parecía su casa. Si en otras partes había gente que lo odiaba, en ese pueblo todos lo querían y admiraban. A su llegada, las calles se llenaron de "¡Vivas!". Los hombres alzaban sus sombreros para saludarlo y las mujeres agitaban sus rebozos. Sin saberlo, el pueblo sanaba alguna herida en el alma de Villa, que, a pesar de ser tan duro, sentía el peso de los años de lucha, la pérdida de sus amigos y, sobre todo, la invasión de su territorio a manos del enemigo extranjero.

—Jefe —le dije al general queriendo aportar información valiosa—. ¿No andamos muy cerca de los gringos? No vaya a ser que nos caigan de repente…

—No, Doradito, los gringos ya no andan por aquí, ni sus diez mil soldados, ni sus aeroplanos les sirvieron *pa'* nada, ya están de vuelta en el otro lado. Tú tranquilo que estamos entre familia —me palmeó la espalda y siguió saludando a las personas que lo rodeaban.

Luego de comer en varias casas, el desencanto de no poder entrar a Chihuahua fue menor. La familia de su güera ausente lo recibió contenta, y como algunos de la escolta eran del pueblo, ese sábado que llegamos se volvió de fiesta. Después de saciar el hambre sufrida a lo largo del camino, conociendo las aficiones del general, en la tarde propusieron una pelea de gallos. El jefe se frotó las manos y dijo:

—*Pa'* luego es tarde, yo les pondré la navaja.

Nunca había estado en una pelea de gallos y me moría de ganas por ver una. Era un terreno de rudos, jugaban con la muerte en todas partes y yo iba aprendiendo bastante, dentro de mí corría algo de ansia brava.

El lugar de la pelea era apartado y alto, en un corral de don José, suegro de Villa. Los vecinos y compañeros de tropa formamos un círculo, y varios niños que participaban en la fiesta se sentaron en los tablones del corral para no perder detalle. Como me sentía orgulloso parado junto a los hombres, volteé y les guiñé un ojo a los chiquillos, como diciéndoles: "Yo estoy entre los grandes".

El general se dispuso a sujetarles las navajas a los gallos. Uno era gallardo, de plumaje negro y brillante, sólo su cabeza era blanca y menuda. Luego del amarre, estaba listo para dar la batalla a un gallo colorado, más delgado que él, y que a simple vista parecía en desventaja. Cuando los animales fueron provistos del espolón metálico, sus dueños los sujetaron aprisionándoles las alas para presentarlos, y después los soltaron al centro.

La pelea dio inicio cuando los dos gallos crisparon sus plumajes y alearon con fuerza para mantener el equilibrio y lanzar sus patas contra el adversario. Una, dos o tres veces clavó su navaja el colorado sobre el negro, al que de nada le sirvió su tamaño pues el otro logró desatarle varios estallidos de sangre en la cabeza y en el cuello. Pero como la bravura está en su naturaleza, aun con la sangre bañando su cuerpo, el negro se mantenía en la batalla, aunque sin hacerle mucho daño a su oponente. Tras perder la fuerza para seguir en el combate, quedó en el suelo dando sus últimos aleteos, intentando levantarse sin conseguirlo, sólo logró esparcir la sangre más allá de donde había caído. El colorado pisó al negro con ambas patas sin buscar hacerle más daño, y eso marcó el fin de la pelea.

El dueño del vencedor dio saltos de gusto mientras el contrario recogía con cuidado los despojos de su animal. Vi que la derrota del negro forzó a varios a sacar de sus bolsas algunas monedas que cambiaron de mano cuando, contra las apuestas, quedó claro quién era el ganador. Así como esa pelea, se sucedieron varias. Los gallos al centro de todos peleaban para acabar con su adversario, hasta que quedara un ganador.

Al retirarnos de aquella loma, apareció ante nosotros una vista impresionante.

San Andrés se encontraba en un pequeño valle cubierto por matorrales y mezquites que abrían paso al río que serpentea entre los cerros hasta llegar al pueblo, siempre escoltado por enormes álamos a una y otra orilla.

Mientras bajábamos hacia el centro, poco a poco el cielo se fue vistiendo de tonos naranjas para ir dando paso a la noche. Rodeados de penumbra, caminamos rumbo a la plaza, donde la banda del pueblo tocaba alegre, invitándonos a todos a disfrutar de su música.

Eso de festejar se da muy bien en los pueblos, no importa si toca sólo un violín o una guitarra, habiendo muchachas, el baile está listo. Esa noche se escuchaba una canción tan alegre que hasta yo empecé a balancearme luego de que los músicos gritaron a un tiempo: "¡Santa Rita!".

Las polkas y las redovas fueron sonando mientras de las casas salían las mujeres, algunas con marido, otras sin pareja y dispuestas a bailar con los rebeldes. Una bodega grande que estaba en frente de la plaza abrió sus puertas para recibirnos a todos, pues había que celebrar el regreso de Pancho Villa.

El espacio se fue llenando, todo era plática, canto y baile, aunque como era costumbre en presencia del general, ni una gota de alcohol se bebió esa noche. Lo más divertido fue ver bailar al jefe, tenía gracia. Ese hombre rudo en las batallas, que dirigía a su tropa, estaba al centro de aquel lugar disfrutando de la música. Doblaba las piernas y se acercaba a las muchachas bailando de cachetito, y no hacía menos a ninguna, bailaba con todas las que quisieran hacerle segunda en el shotis. Zarandeaba el brazo y movía la cadera al ritmo de "La Adelita", "La Valentina" y "La Cucaracha". Cuando sonó esa última, debió recordar a alguien, porque interrumpió el baile para decir:

—¡Esta pieza va con dedicatoria especial, derechito hasta el infierno, donde debe estar chamuscándose Huerta! ¡Todos a zapatear! ¡Viva el señor Madero!

—¡Viva! —respondimos todos.

Se efectuó un zapateado colectivo, al que nos unimos también los que no estábamos bailando, y levantamos una gran polvareda en el piso de tierra. Los músicos siguieron tocando hasta muy avanzada la noche, pero yo traía varios días de mal sueño y antes de que el baile se acabara, hice por buscar mi rincón y encontrar el descanso que me hacía falta. Me acomodé el sombrero y el sarape para salir a esa fría madrugada de marzo. Algunos íbamos a dormir en la sacristía del templo y para allá me encaminé, pero cuando puse un pie fuera de la galera, aún repleta de ruido y de fiesta, alguien habló a mi espalda.

—*Quiúbole,* Valentín —la voz me pareció conocida, pero fue extraño no escuchar el Doradito de siempre, así que me giré para ver quién era.

De momento me costó ubicarlo en el ambiente de la tropa. La barba y el bigote casi me impidieron reconocer a un vecino de la Ciénega.

—¿Leonel? —dije extrañado—. ¿Leonel, el de Maruca?

—*Pos* quién más, poco más roñoso pero sí, el mismo que viste y calza.

—¿Qué andas haciendo aquí? —le dije con gran sorpresa.

—*Pos* lo mismo que tú. Un día llegaron los federales al pueblo, se llevaron hasta la última gallina y lo peor de todo fue que cargaron también con mi Maruca. Y *pos* eso sí no se los perdono.

Y tras un breve silencio, agregó:

—No sé si sepas, pero entre los hombres que les hicimos frente a esos malditos estaba tu tío Manuel, también a él le tocaron unas balas, por poco y no la cuenta, aunque igual que yo, se rio de la muerte. Pero el alma tarda más en sanar que las heridas del cuerpo. La rabia se queda, y el rencor se le acomoda ahí *juntito.*

Cuando me contó los detalles de aquello, me sentí inservible. Yo lejos, sin encontrar nada que me aclarara el paradero de mi padre, y mis hermanos al cuidado de otra gente... Bien sabía que los tíos eran de fiar, pero ¿y mi promesa? Eso de velar por ellos estaba quedando en el olvido.

Lo primero era lo primero, creí en un principio, pero luego de enterarme de ese ataque, pensé que mis balas tal vez necesitaban otro destino.

A salvo mi tío, el Nata y Mariana seguían al amparo de la familia y eso me dio un respiro. Después pensé en la mujer de Leonel: delgada, morena, de cabello rizado y largo; una de las muchachas más bonitas del rancho. Tenían poco tiempo de casados cuando yo me fui del pueblo. Ella y su madre habían vestido a la mía el día de su muerte, con eso yo quedé en deuda para siempre con ellas, y era el momento de devolver algo de aquel enorme favor.

Escuchaba atento, Leonel necesitaba mi ayuda y ya vería cómo ofrecérsela, quizá mi cercanía con el general me daría la oportunidad de hacerlo. Villa se convertía en una pieza mágica para las penalidades del pueblo, pues yo buscaba la oportunidad de encontrar a mi padre y Leonel quería cobrar esa cuenta pendiente.

Nos retiramos de la puerta para dejar pasar a las parejas que salían contentas del baile. Mientras nos encaminábamos hacia la sacristía, siguió hablando:

—Qué mejor decisión que juntarme con Villa. Ahora sus enemigos son también los míos —dijo metiendo las manos a la vieja chamarra que lo cubría de aquel frío que anunciaba un mejor amanecer.

Apretó los labios mientras sus ojos brillaban con la luz de la luna; se esforzaba en no dejar escapar una lágrima. Después tragó saliva para seguir diciendo:

—Dicen que su lucha es la de todos, y *pos* aquí ando haciendo la mía. Yo no sé quién resulte presidente, ni me importa, yo voy a buscar a los que me dieron por muerto y se llevaron a mi mujer. No sé si la encuentre, pero entre más de ellos me lleve en el camino con mi rifle, más tranquilo voy a sentirme.

La carta

Por un momento no supe dónde había despertado esa mañana. Habían sido tantos los lugares de acampada en el camino de sobrevivencia con Villa que la confusión era lógica. Pero ese amanecer me supo a casa, a familia. Los gallos cantaban anunciado el inicio del día, coreados por el ladrido de un perro a lo lejos, así como en mi pueblo.

El sol se asomaba tibio entre las montañas del oriente y poco a poco cobraba la energía necesaria para calentar aquellos días de primavera. La crudeza del invierno iba quedando atrás, así como iban quedando en mi memoria las experiencias de guerra.

Cerca de mi tendido se hallaba el de Leonel, quien aún estaba dormido cuando salí de la sacristía con apuro para buscar un rincón donde tirar las primeras aguas del día. Un perro me siguió, intenté alejarlo con un ademán brusco, pero no tardó en seguirme de nuevo. Era negro, grande, con una sola mancha blanca en el pecho, una oreja en alerta, mientras la otra permanecía sumisa. Ladeó la cabeza hacia la derecha y me miró fijamente. Se sentó obediente ante mí, le silbé y movió su rabo al tiempo que mostraba su lengua casi con una sonrisa.

Amigos eran los que yo extrañaba, alguno de mi edad, uno que no hablara de muertos, de armas o de barajas. Uno como yo, que quisiera divertirse, que se riera por nada, que jugara carreras a pie pelón y que lanzara piedras al agua. A falta de ellos, bien podría entretenerme un poco con ese animal ajeno, que parecía ser de esos perros que son de todos y de nadie. Corrí hacia la plaza retándolo y en seguida estuvo tras de mí.

—¿Qué, Negrito, te gustan las carreras? —le dije colocado en cuclillas frente a él mientras acariciaba su cabeza—. Negro te has de llamar, eso es seguro.

Cuando me puse de pie, él permaneció sentado, con la mirada clavada en mí. Cerró su hocico, borró la que yo había creído era una sonrisa y se quedó atento. Parecía un huérfano como yo, en espera de ser llamado a formar parte de algo o de alguien. Me encaminé hacia la sacristía a buscar a Leonel para ver dónde nos echaríamos un taco. Pero el Negro siguió sentado, mirándome. Yo palmeé un par de veces y le dije:

—¿Vienes o no, Negro? —mientras le hacía una invitación con la cabeza, indicándole el camino.

De nuevo apareció esa sonrisa y se lanzó con ganas a la carrera para alcanzarme. Negro, así lo llamé desde ese día.

* * *

Leonel se tallaba los ojos con una mano mientras con la otra se acomodaba el viejo sombrero. Cuando lo encontré en el atrio de la iglesia, estaba ya con los otros hombres, todos con una taza de café humeante en la mano. Una vecina acercó la jarrilla y unas tazas blancas marcadas por antiguas caídas, y con aquel líquido oscuro y amargo entibiamos nuestra garganta. Otra mujer traía una gran canasta, de entre un mantel bordado sacó unos tacos de papa y de frijoles. Se sentía bien ser tratados con atenciones, manos generosas que se preocupaban por nuestro estómago.

El jefe había dormido en casa de su gente, pero avanzada la mañana lo vimos muy cerca de la plaza. Leonel me empujó con el brazo, recordándome el ofrecimiento que le había hecho de madrugada afuera del baile. Yo era el indicado para presentarlo ante Villa, aunque ser el de las influencias me parecía extraño. Caminé con una sonrisa discreta y avancé hacia donde estaba el general mientras Leonel me seguía de cerca.

—¡Buenos días, mi general! —le dije aprovechando un hueco en la conversación del grupo que lo acompañaba. Estaban revisando una máquina que al parecer servía para lo mismo que los caballos: la montabas y podía llevarte a todas partes, según dijeron. Pero ese aparato parecía tener algún desperfecto, porque por más que lo intentaban, no podían hacerlo funcionar.

En eso estaban, a patada y patada, pero nada que encendía. El propio Villa quiso ayudar en la faena: montó el artefacto, se puso de puntas y con uno de los pies trató de presionar con fuerza aquella palanca de arranque. Por obra de su peso o como resultado de tanto intento, la máquina traqueteó de repente e hizo un gran ruido de manera escandalosa. Aquella respuesta tomó por sorpresa al jefe y por poco lo tira de espaldas, si no fuera porque Leonel lo detuvo de un brazo, tal vez hubiera caído. Vimos cómo ese caballo de metal salía disparado hasta estrellarse contra la pared de la casa de enfrente.

—Gracias, muchacho, te debo una —le dijo mientras se acomodaba el sombrero de paño que había ido a parar al suelo.

Y vi de nuevo la magnífica memoria del general:

—Tú no eres de aquí —le dijo arrugando la frente y aguzando la mirada, la desconfianza siempre lo mantenía alerta—. ¿O me equivoco?

Yo entré en la conversación para decirle:

—Es mi paisano, general, viene desde Ojos Azules *pa'* unirse a la tropa. Claro está, si usted da su permiso.

—Y… ¿qué se te perdió aquí, en San Andrés? —le dijo sin quitarle los ojos de encima.

—Soy Leonel Trevizo, mi general, los carrancistas se llevaron a mi mujer y lo único que quiero es matarlos.

—Yo lo conozco desde chico, jefe, y con mi vida le respondo por él —quise ser la mejor garantía que Leonel necesitaba.

—Mira *nomás*, ¿desde chico dices? Valiente abogado te salió —dijo sonriendo, y poniéndose en jarras, soltó la carcajada.

Y aunque esa mañana su risa era a mis costillas, también me cayó en gracia.

—Claro que sí, Doradito, un rifle más no estorba nunca.

Sin embargo, bien clarito vi cómo con la mirada le decía al Gato que no le quitara los ojos de encima a Leonel, era evidente que el jefe no se dormía en sus laureles.

Motocicleta era el nombre del aparato que levantaron para volver a encenderlo. O aquello era magia o yo no sé, porque pudo pasear a todos ellos por el pueblo manteniendo el equilibrio en dos ruedas. Por supuesto, el jefe fue el primero en montar aquella cosa.

Cada descubrimiento que va haciendo uno por la vida.

Pero eso sí, no podía imaginar al general montado en ese aparato tirando balas tras el enemigo, los caballos eran irremplazables.

Luego de divertirnos un rato contemplando las caídas y tambaleos de los hombres en la motocicleta, Leonel y yo fuimos a darles de comer a los caballos. Se estaba haciendo tarde para ponerles avena; era día de bien comer hasta para las bestias. Leonel sonrió cuando vio al Moro, un conocido más para él, y algo le dijo al oído, tal vez le preguntó si extrañaba la comida y el agua de nuestro pueblo.

Mientras el Moro comía, yo cepillaba al caballo del general. Tenía varios días haciéndolo para tumbarle algo de la pelusa reunida en el invierno, porque siendo un caballo de gran alzada y estampa, no era posible que trajera pegadas tantas lanas. En eso estaba cuando Leonel me dijo:

—Oye, Valentín, ¿has recibido carta de tus tíos?

—No, y la verdad yo tampoco les he escrito. No tengo idea de cómo enviarlas, pues cambiamos de campamento cada vez.

—Hmm —dijo pensativo—. ¿Sabes que en la lista de correos de la Ciénega estaba el nombre de tu madre?

Dejé de cepillar.

—¿Una carta para mi mamá?

La carta que esperé desde que se había ido mi padre se hallaba en el pueblo, aunque no estaba seguro de que fuera suya. Pero si no era de él… ¿entonces de quién?

—¿Y quién la mandaba?

—¡Cómo voy a saber yo! Doña Lupe es muy celosa de su oficio de cartera, a mí no me lo habría dicho. Pero para ser franco, no le pregunté.

Una carta para mi madre.

Repetía en mi mente. Eso lo cambiaba todo. Era mi padre que le daba las razones de su silencio, y seguramente le preguntaba por Mariana, por el Nata y por mí.

Pobre papá. Sabe Dios dónde estará y en qué condiciones,
mi madre muerta y sus hijos solos.
¿Cómo va a sufrir cuando lo sepa?

Mil cosas pasaron por mi mente.

—¿La carta está en el correo todavía?

—No lo creo, don Anselmo debe tenerla. Muerta tu madre, él tiene todo el derecho de reclamarla; era su hermano.

A partir de ese momento la calma me fue ajena, no quise ir a comer y me quedé sentado en un madero del corral donde estaban los caballos.

Primero lo del tío Manuel y luego esto. Tenía que leer esa carta. A mí más que a nadie me interesaba su contenido. Sí, el tío Anselmo podría leerla, pero no iría a buscarlo.

Alguien debe hacerlo y quién mejor que yo.

El Negro se recostó junto al poste del corral donde yo pensaba. Varias veces me atreví a hablar solo:

—Tengo que regresar, tengo que ver esa carta —el Negro levantaba la cabeza y movía el rabo.

Busqué con la mirada la posición del sol en el cielo. Ya casi era mediodía. ¿Hasta dónde llegaría si me marchaba en ese momento? ¿Y el general? Tendría que dejarlo. ¿No lo vería mal?

—¡Claro que no! —dije con voz más fuerte y el Negro se puso de pie.

Bien le dije a Villa que me iba con él para buscar a mi padre y si la vida estaba por separarnos, ni hablar.

Primero está la familia que la guerra; al menos para mí.

Luego de pensarlo largo rato, lo decidí; me marcharía esa misma tarde.

—¡Vamos, Negro, tenemos que despedirnos!

San Antonio

—A ver, a ver, Doradito, ¿cómo está eso de que te vas? Tragué fuerte para que mis ojos no fueran a brillar más de la cuenta y se enteraran de lo mucho que me estaba costando.

—Sí, mi general, tengo que regresar a mi casa. Parece que hay una carta de mi padre.

Despedirme de Villa resultó más doloroso de lo que pude imaginar. Dejaba al padre que había adoptado, tenía que hacerlo para seguir buscando al verdadero. Pero cómo no agradecer lo vivido por tantos caminos al lado del grande, del mero Francisco Villa.

—¿Podrás llegar solo a tu casa? —me dijo arrugando la frente con algo que creí ver en sus ojos: preocupación. El jefe me apreciaba, sentí la estima en sus preguntas y consejos.

—No lo sé, mi general, pero de alguna manera le haré *pa'* llegar hoy mismo hasta la Ciénega.

—Que te presten otra chamarra, porque tienes toda la facha de villista y no quiero que te vayan a molestar por el camino. Y acuérdate, tú no me has visto.

—Sí, jefe, pierda cuidado, y mire que si lo de mi padre se resuelve pronto, sepa que si de algo le sirvo... yo me regreso.

—Claro que sí, Doradito —dijo mientras alborotaba mi cabello—, ya veremos luego cómo encontrarnos.

Cerca del general estaban varios hombres de los nuestros, se mantuvieron callados mientras el jefe hablaba, cada uno se despidió a su manera.

El Gato sacó de sus fundas una pistola y me dijo:

—No puedes ir por ahí con el fusil a la espalda si quieres pasar por vecino —me dijo sonriendo—, yo te lo cuido por si vuelves. Pero no vas a ir desarmado y a la buena de Dios. Llévate la tronadora, te puede hacer falta —y puso su pistola en mi mano.

El único Palomo que quedaba en la tropa sacó de su bolsa algunas monedas y las puso en mi mano.

—*Pa'* que te eches un taco en San Antonio.

—Faltaba más —dijo Villa—. Todo aquel que sirve a la revolución merece un sueldo —y sacó de una de las alforjas de su caballo varios billetes para dármelos.

—No, general, no tiene que darme ni un centavo, yo me vine a la bola por otra cosa.

—¡Nada, nada! Bien merecido te lo tienes.

El Zurdo fue por su cantimplora y me la entregó.

—Te la regalo, Doradito, siempre serás uno de los nuestros.

Leonel puso su mano en mi hombro y me dijo:

—Cuídate, Valentín, y me saludas a mi gente.

El suegro de Villa estaba atrás del grupo escuchando todo lo que se hablaba, pero luego de esas despedidas, me dijo:

—Es una suerte que no te haya pasado nada, muchacho, haces bien en irte a tu casa. Esto de la guerra no es para un chamaco, trata de quedarte en tu tierra, porque de esta lucha nadie sale bien librado.

Algunos se encogieron de hombros, metieron las manos a los bolsillos del pantalón y se miraron unos a otros.

—Esto de la revolución es *pa'* hombres —dijo Villa—, hombres con alma y fuerza *pa'* buscar la justicia, y si en eso se nos va la vida, buena será la muerte si sirve para liberar al pueblo de los tiranos, y tú, Valentín, ya eres un hombre, porque ser hombre no es cosa de edad solamente.

Me llamó Valentín.

Entonces sí creció el brillo de mis ojos, y derramé lágrimas sin que pudiera hacer algo. Bajé la cabeza para ocultarlo.

Villa era capaz de convertirse en la fuerza necesaria de sus hombres para ganar una batalla ya casi perdida, era la claridad en medio de la confusión de la guerra. Era la voz poderosa que nos llamaba.

Sus fieles seguidores no contuvieron ese gozo que provocaba estar junto a él.

—¡Viva Villa! —gritaron González y Trillo casi al mismo tiempo.

—¡Viva! —respondimos todos. Luego se escucharon chiflidos y aplausos mientras algunos golpeaban el suelo con su sombrero.

El jefe sonrió mostrando los dientes, agradeciendo así la confianza y el entusiasmo que buena falta les hacía en ese tiempo de derrotas.

—¿Cuándo te vas, muchachito? —me dijo sin que le molestaran mis lágrimas.

—Ya, mi general, debo llegar pronto a mi casa.

Miró el cielo mientras se apretaba la barbilla, como pensando.

—Por lo pronto vas a tomar el rumbo de la vía, eso te llevará derechito a San Antonio. Ahí buscas la casa de don Hilario, está en frente de la estación del tren, tiene un comercio a un lado de dos tinacos grandes. Le dices que vas de mi parte, él te ayudará si hace falta. Pídele que te diga por dónde llegar a tu pueblo. Bien listo, nada de hablar con él delante de alguien, todo lo harás a solas.

—Gracias, jefe, así lo haré, pierda usted cuidado.

Puso su mano en mi espalda, me llevó lejos del grupo y me dijo en voz más baja:

—Además, quiero que le des un mensaje de mi parte.

—Claro que sí, mi general —le dije chocando los talones y haciendo el saludo militar.

—Le dices a don Hilario que avise a nuestra gente que la próxima reunión de tropa *pa'* planear la entrada a la capital será en Satevó, que ahí nos vemos dentro de diez días, ni más ni menos, el 10 de mayo. Óyelo bien, de esto ni una palabra a nadie.

—Así lo haré, jefe, no tenga pendiente.

Entre "nos vemos", "que te vaya bien" y apretones de mano, me despedí de todos, hasta de las vecinas que Villa me había enviado con un paquete de tacos para el camino.

Pero no salí del pueblo solo, el Negro me seguía de cerca corriendo tras el Moro y cuando se puso a la par, le dije:

—¡Negrito! ¿Qué no tienes a nadie que te espere en casa? —y él seguía corriendo—. No se hable más, juntos hasta la Ciénega —animé al Moro con la rienda y aceleró el trote.

Bien a bien no sabía qué tan largo resultaría el camino, así que decidí no cansarlo. El jefe había dicho que por la noche ya estaría cenando con mi gente; rogaba a Dios que eso pasara.

* * *

Avanzar al lado de los rieles me daba seguridad, Villa había dicho que así no me perdería y eso hice, seguí siempre al lado de aquel camino de fierro, casi como si el jefe me fuera acompañando.

Cuando San Andrés se perdió a la distancia, empecé a contemplar el paisaje que tenía al frente. De momento lo veía con admiración y sin miedo, pero conforme avanzaba el sol hacia el poniente, algo me inquietaba en el estómago; presentía un mal encuentro, imaginaba un camino interminable y sentía la amenaza de la noche.

Llegarás a San Antonio antes de que baje el sol.

Me había dicho el Gato. Y miraba con angustia el cielo a cada momento, pidiéndole tiempo para llegar antes de que la tarde cayera.

Había cabalgado bordeando montañas entre una sierra que parecía infinita, a marcha lenta porque íbamos en ascenso, pero cuando aquellos rieles que parecían una escalera hacia lo desconocido tocaron terrenos abiertos y planos, inicié un trote más veloz hasta dejar atrás el monte. Avanzando por la planicie, poblada por escasos arbustos, vi a lo lejos la cúpula de una hacienda.

Como la de Los Remedios.

Pensé y me mantuve alerta, bien podría estar ocupada por enemigos; no debía arriesgarme a que me detuvieran en el camino. Me alejé lo suficiente para no ser visto y cabalgué tras una loma. En ese rodeo fue cuando a lo lejos vi una línea azul que iba ganando espacio poco a poco, y no pasó mucho tiempo para que quedara ante mí algo que me obligó a detenerme.

Era una enorme laguna que llegaba hasta el horizonte. Tenía que contemplar aquello con calma, pues era tan grande que por un momento pensé que había llegado al mar, como si eso fuera posible en Chihuahua. Era un paisaje que obligaba a detener la marcha. Al fondo se alineaban una a una las montañas de una sierra azul que parecían ser guardianes de esas mansas aguas; quizá fuera ésa la sierra de la que tanto hablaba el jefe. Parecía estar salpicada de cielo, y sonreí al imaginar que así fuera, aunque algo tendría que ver su cercanía con la laguna para estar pintada de ese azul tan intenso.

Mientras tanto, el Moro se ocupó en comer los primeros brotes de hierba de la temporada en aquel llano que se extendía hasta unirse con el agua. El Negro se tendió en el suelo, parecía estar en la misma contemplación que yo. De pronto, el sol que teníamos enfrente me recordó que el día avanzaba hacia su fin.

Seguimos la marcha dejando atrás la amenaza de la hacienda, al trote volvimos hasta la vía para avanzar sin error a su lado. De nuevo caminamos hacia el oeste, tratando de ganarle al sol la llegada al horizonte.

Aquello se convirtió en una marcha recta. Galopé algunos tramos intentando acortar la distancia, pero parecía no avanzar. No había descansado durante el trayecto, así que decidí bajar del caballo y estirar las piernas. Caminé un poco mientras comía uno de los tacos, otro lo devoró de inmediato el Negro. Empiné la cantimplora para vaciar en mi garganta unos tragos de agua. Pude ver que un hilo de humo se elevaba a lo lejos y dibujaba caracoles; tenía que estar cerca del pueblo. Me limpié la boca con la manga de la chamarra y llamé al perro, que olfateaba entre unas piedras.

Mientras subía al Moro, pensé:

¿Cómo sería el pueblo que estaba buscando?
¿Acaso como el mío?
¿O como alguno de los que conocí al andar con Villa?

Dos hombres salieron a mi encuentro. Qué razón tenía Villa al decir que el camino real no daba ninguna seguridad, por eso él movía a su gente fuera de esas vías. Esos dos tipos me dieron mala espina en cuanto los tuve enfrente. Venían de una vereda, entre unos arbustos, ya casi para llegar a San Antonio. Aparecieron casi de un salto, evitándole el paso al Moro.

El caballo relinchó, pero eso no impidió que lo sujetaran por la brida.

—¿De dónde vienes, chamaco, y por qué tan solo?

Eran ladrones, no cabía duda; abundaban en los caminos. México era un país sin ley, su descontrol alentaba a los maleantes y la pobreza orillaba a otros a tomar lo ajeno. Pero esos no eran pobres, a parte de la mugre, la maldad asomaba por sus ojos.

Me robarían la pistola, los billetes… pero si se llevaban al Moro, sería lo peor que podría pasarme.

—Vengo de San Andrés a buscar unas medicinas para mi madre —mentí fácilmente—. Soy sobrino de don Hilario, el dueño de la tienda —les dije mientras metía la mano bajo la enorme chamarra que me habían cambiado por órdenes del jefe.

—¡De familia acomodada! —se burló uno—. Entonces no te hará falta nada de lo que *trais* —y sacaron sus navajas.

Comprendí que el peligro no era tanto. Si bien ya había disparado un arma en Torreón, esa vez corrí con la fortuna de hacerlo tras un árbol, y no tuve que ver el rostro de ningún caído. Pero allí eran ellos o yo. Los tenía frente a frente, entonces brotó en mí la fiereza cultivada a lo largo de los días vividos con Pancho Villa.

Bien decía mi padre: "El que a buen árbol se arrima, buena sombra lo cobija". Algo había madurado yo al lado del jefe, una navaja no era nada junto a las carabinas de la guerra. Esos maleantes no se iban a meter con un villista sin pagar el precio. Les hablé fuerte mientras endurecía el rostro:

—*Pos* no, pero siento que me sobran dos balas. ¿Qué dijeron? "A este mocoso ya nos lo madrugamos", *pos* fíjense que no, yo soy un soldado de Francisco Villa —encañoné a los hombres por sorpresa, casi creo que ellos nunca esperaron que un escuincle fuera armado. Cuando vieron la tronadora del Gato, soltaron al Moro para levantar las manos en posición indefensa y endulzaron la mirada, más por miedo que por arrepentimiento. Empezaron a dar pasos hacia atrás, lentamente iban alejándose sin detenerse, pero yo seguía apuntando.

—Por vida tuya, chamaco, que sólo estábamos bromeando —y cuando estuvieron cerca del monte, emprendieron la huida entre gatuños y cardenches. Los tuve en la mira por un momento, pues de haber querido, la tierra habría dejado de padecer la presencia de semejantes alimañas, pero no, quitar la vida no era fácil, y lo digo yo, que he visto tantos muertos.

Sujeté las riendas y disparé al aire; no tenía prisa por matar a nadie.

Tierra para todos

—Vamos, Moro, ya casi —lo animé para que trotara, y sonreí satisfecho de ser quien era, un hombre. El jefe estaría orgulloso de mí si hubiera visto cómo enfrenté a esos bandidos, aunque no sé si él los hubiera dejado con vida.

El caballo aceleró y el Negro se mantuvo cerca. Mien tras avanzábamos, aquella delgada humareda fue creciendo; era imposible que saliera de las casas. Entre más cerca esta ba, pude ver que el cielo de aquel lugar, que supuse era San Antonio, se encontraba coronado por una nube negra.

Hice girar la rienda cerca de los ojos del Moro para acele rar el trote. La lengua del Negro colgaba de su hocico mien tras corría agitado sin perder el paso. Era necesario llegar pronto, aquello era un incendio, no había duda.

Conforme nos fuimos acercando, la llanura se hizo tan extensa como fuertes los vientos que la azotaban. Mis ojos se llenaron de arena fina y por momentos me negué a abrir los. El Moro se mantuvo en marcha a paso seguro y veloz.

Bastaron unos minutos para llegar al pueblo. Una enorme bodega cercana a la estación ardía en llamas. Todo era confusión aquella tarde que conocí San Antonio. Parecía que la naturaleza conspiraba contra su gente. Los fuertes vientos avivaban el fuego que se afanaba en devorarlo todo.

Docenas de vecinos corrían con baldes de agua mientras una cadena humana se extendía desde lo alto de una escalera, a un lado de los tinacos de la estación, hasta el lugar del incendio. Otros trataban de rescatar la mercancía del interior del local, que al parecer era una tienda.

Era gente sencilla, gente de la nuestra la que estaba sufriendo. Busqué un sitio seguro para dejar al Moro y me acerqué al lugar del desastre; mientras, el Negro ladraba ante el ir y venir de la gente.

—¿Dónde ponemos las cajas? —le dijo un hombre con el rostro tiznado a otro que cargaba un costal con tal esfuerzo que el peso lo hacía doblarse por la espalda.

Me acerqué para ayudar con otros bultos que ahí estaban.

—Permítanme —dije mientras los levantaba.

—Claro que sí, muchacho, ahorita lo que faltan son manos.

Una a una cargamos las cajas de la mercancía que pudo salvarse del incendio. Después me acomodé en la línea para acarrear el agua. Por mis manos pasaron los baldes que no lograron ser suficientes para ahogar el fuego.

—¡Segurito fueron los de la hacienda! —dijo uno de los hombres, que tenía a un lado a los más grandes del pueblo—. Pero si piensan que quemando la tienda vamos a dejar de reunirnos para hablar de las tierras, están muy equivocados.

Yo me mantenía atento y me enteré de las injusticias que se vivían ahí como en todas partes.

—Yo vi a dos hombres detrás de los corrales —le dijo otro.

—¿Conocidos?

—No —agregó titubeante—. Pensé que eran arrieros que salían de comprar, como lo hacen tantos. Me parece que tomaron el camino de la vía rumbo a San Andrés.

Malditos.

Pensé. Tal vez eran los hombres que intentaron asaltarme en el camino.

No debí disparar al aire.

La faena de cargar agua se prolongó hasta ya muy entrada la tarde, las llamas cedieron su fuerza hasta que el sol abandonó la escena del desastre.

Aquel día de viento y fuego iba extinguiéndose para dar paso a una noche incierta, al menos para mí, porque no tenía idea de dónde iba a quedarme.

El trabajo había sido pesado, así que las mujeres se reunieron e hicieron una cena para todos. Mientras ellas se ocupaban, yo me mantuve cerca del Moro, y el Negro cerca de mí. Pasadas las prisas del incendio, algunos del pueblo, al menos varios chamacos casi como yo, se acercaron a preguntarme de dónde venía y qué hacía por esos rumbos. Luego de inventar otra historia que no comprometiera la presencia del general por esa zona, ellos me invitaron a la cena, que al parecer se había hecho casi para todo el pueblo.

Los alimentos se compartieron en la capilla, y luego de consumir aquella comida sencilla pero sabrosa, los hombres mayores permanecieron discutiendo el tema del siniestro. Me colé entre los chamacos para escuchar en silencio lo que ahí estaban contando, pues tenían varias sospechas del origen de las llamas.

—No les basta con ser dueños de miles y miles de hectáreas —dijo alguien—, ahora quieren acabar con lo poco que tenemos.

—Esto fue obra del gobierno —dijeron otros—. San Antonio se les está volviendo una piedra en el zapato desde que don Hilario nos está ayudando.

—Debemos seguir exigiendo tierra para todos —agregó un hombre que ya pintaba canas—. Bien lo firmó el gobierno en las nuevas leyes: la tierra será repartida entre los campesinos y así mejorará la agricultura.

Vi las ideas de Villa en la voz de otros y lo sentí cerca. Ahí supe que la hacienda por la que había pasado era de un tal don Pedro, un hombre muy rico que pretendía vender miles y miles de hectáreas a los extranjeros, sin embargo, la gente de San Antonio no estaba dispuesta a permitirlo.

También había quienes se reservaban de culpar a otros de los daños del incendio y le achacaban la desgracia a la fatalidad del destino. Con esas opiniones, los ánimos fueron cediendo, o quizá era el cansancio que en los hombres ya pesaba más que la ira, pues poco a poco se fueron levantando de los bancos de la capilla. Antes de que se marcharan, le pregunté a uno de los chamacos por don Hilario.

—Es el que habla más, el de adelante.

Los chiquillos buscaron el camino a su casa mientras yo pensaba la manera de acercarme al hombre que me habían señalado.

Él avanzaba por el pasillo, acompañado de otro, y cuando pasaron a mi lado, me atreví a tocar con cuidado su hombro.

Me miró extrañado y me dijo:

—¿Sí? ¿Qué se te ofrece, chamaco? ¿Con quién vienes? —preguntó.

—Vengo solo, de San Andrés, y voy para la Ciénega de Ojos Azules.

—¿Y qué haces por estos rumbos?

—Sólo iba de paso, pero con lo que sucedió, no pude irme así como si nada. Sepa usted que yo andaba peleando con Villa —le dije, levantando la barbilla mientras le sostenía la mirada.

—¿Peleando tú en la bola? —volvió a preguntar sorprendido.

—Sí, señor, es una larga historia —agregué con menor orgullo.

—A ver, cuéntame un poco más sobre eso, que me estás intrigando.

—Me fui a la revolución para buscar a mi padre. Hace algunos años se unió a los rebeldes, pero para mi mala suerte no he podido encontrarlo. 'Ora voy de regreso a mi casa porque parece que ya hay noticias de él en el rancho.

—Qué bueno que vas de regreso sano y salvo.

—Qué le digo, señor, andar con el grande, aprendiendo de toditito, valió la pena.

—La tuya sí que fue suerte, porque no muchos viven para contarlo —dijo respirando hondo para luego soltar el aire de golpe—. Y... ¿en casa de quién vas a dormir? —preguntó, sobándose la espalda.

—El jefe Villa me dijo que lo buscara a usted para que me echara la mano, nada más era cosa de que me dijera por dónde seguir el rumbo, era por eso que lo veía tanto, no pensaba quedarme, pero con lo del incendio ya se me hizo noche.

—Mira *nomás*, y justo ahora que no tengo casa —agregó con pesar—. Pero donde duerma mi familia, también dormirás tú. Anda, vamos.

Al amanecer, aquella casa, que luego supe era de un vecino suyo, se llenó de actividad, como suele ser en los pueblos. Las mujeres avivaban el fuego en la estufa, preparaban alimentos y hablaban con los hijos. Los chiquillos acarreaban agua de una noria. Los hombres, los primeros a la mesa, almorzaban frijoles con tortillas recién hechas y tomaban café hervido. Después del desayuno, fueron a ver a la luz del día los estragos del incendio, y por supuesto, yo fui tras ellos.

Ya en la bodega, o en lo que quedaba de ella, la puerta de dos hojas nos recibió con las maderas negras y caídas. De las paredes blancas sólo permaneció el recuerdo. De las vigas que soportaban el aterrado del techo no quedó nada, por tanto, todo se había venido abajo, así que la luz del día entraba por los enormes huecos. Vidrios rotos, el mostrador a medio quemar, mercancía inservible; en fin, grandes pérdidas.

—Don Hilario —le dije—, yo tengo que irme.

—Ándale, hijo, agarra rumbo porque tu pueblo no está muy cerca.

—Antes de marcharme quisiera hablar con usted a solas.

—Tú dirás —respondió mientras arrugaba la frente.

Nos encaminamos seguidos por el Negro hacia donde estaba el Moro. El caballo ya había pastado lo suficiente, y cerca de él tenía una gran tina con agua; estaba listo para caminar el trecho que nos separaba de nuestro pueblo.

El recado era breve, así que me concreté a repetir las palabras del jefe:

—Me encargó el general Villa que avisara usted a su gente que el 10 de mayo se reunirán en Satevó *pa'* planear la entrada a la capital.

—Gracias, chamaco, así lo haré. Dios quiera que encuentres a tu padre.

—Un último favor, don Hilario. ¿Podría decirme cuál es el camino rumbo a Ojos Azules?

El hombre llamó a su hijo para que me acompañara hasta las afueras del pueblo, donde el Moro, el Negro y yo iniciamos la marcha para así reducir la distancia entre esa carta y yo.

Un dolor nuevo

Un ansia indomable me hacía azuzar al caballo más de la cuenta; quería llegar pronto a la tierra que me vio nacer. El Negro descubría otros paisajes y el Moro marcaba con sus cascos los senderos que alguna vez recorrió con mi padre. Bien podría soltar la rienda y él llegaría sin dificultad hasta la casa, ahí donde, en otro tiempo, mi madre convirtió un techo en hogar y un plato de sopa en alimento para el alma.

Desde el día en que ella murió, cerraron la puerta con candado y del corral no se volvieron a mover las trancas.

Recordaba el día en que me marché con Villa, y a esa fecha, me sentía otro. Más allá de la edad, había crecido en experiencias y en valor; había aprendido de la vida. Galopaba entusiasmado, pensando en lo cerca que estaba de localizar a mi padre.

Luego de perder de vista San Antonio, sumido en mis pensamientos, los detalles al lado de la vereda me resultaban sin importancia; mi único afán era avanzar deprisa. Camino adelante, se extendía la enorme llanura de San Juan, cálida y dorada. Fue imposible ignorar el color brillante de las miles de flores de yerbanís que tapizaban el suelo a lo largo de varios kilómetros hasta entreverarse con la vegetación de La Mesa del Encino, un pequeño monte poblado de árboles que le daban el nombre. Al dejar todo aquello atrás, se abrió ante mí un luminoso valle entre cañadas, y al centro estaba mi querida Ciénega; había llegado.

Detuve la marcha, y al observar el poblado, pensé en todo lo que significaba: mi casa, mi familia, mi historia. Después de haber recorrido parajes, haciendas y ciudades con el jefe, pude contemplar mi pueblo desde lo alto de La Mesa con los ojos del corazón.

Había llegado a mi tierra, estaba a nada de la casa del tío Anselmo y de leer la carta en la que tenía puestas tantas esperanzas.

Bajé de ahí sorteando las enormes peñas que en algún tiempo fueron lugar de juegos y aventuras. Ya muy cerca del pueblo, al pasar por el cementerio, detuve al Moro y divisé al fondo la tumba de mi madre.

Dije que pintaría la cruz.

Recordé mientras desmontaba. Me quité el sombrero y me dirigí al interior del camposanto. Ella sería la primera en saber que yo había vuelto.

—Le prometí que regresaría, *ma'*, y aquí me tiene.

Me quedé largo rato en silencio, viendo la hierba seca y los renuevos de primavera. Corté algunos y los tiré a un lado; quería olvidar que ella estaba muerta.

—La de cosas que quisiera contarle, hace casi un año que me fui —y sonreí entrecerrando los ojos—. Quiero que sepa que su Valentín es de las confianzas del *meritito* Francisco Villa.

Y mi mente voló por todos los sitios en los que anduve con la tropa.

—Y si alguna vez estuve en peligro, de seguro fue usted la que me cuidó de las balas, quién más —y sonreí de nuevo. Seguí diciéndole—: Y de mi *pa'* aún nada. No di con él por donde anduve, pero tal vez sea una buena señal, *pos* nadie lo vio morir en batalla.

"También me dijeron que le llegó una carta, *ma'* —le conté imaginando la voz de su respuesta; era la que repetía en mis recuerdos a fin de no olvidarla—. Ha de ser de él, verá que me dice dónde buscarlo y *lueguito* se lo traigo —y acaricié la cruz reseca—. Pobre, cuánta falta le haremos... y mire que no sabe que usted se ha ido —me callé porque volví a sentir lo duro que era hablar ante una tumba...

"Me voy, *ma'*, tengo que ver a los tíos primero, ya le contaré después lo que dice la carta. Luego veré a sus chamacos, porque habrá que darles la noticia que traiga ese papel —sonreí con esperanza.

Para despedirme, me hinqué frente a la cruz, dibujé otra en mi pecho y luego de besar mis dedos en señal sagrada, salí del cementerio.

Monté al Moro sin pisar el estribo, lo había aprendido en la bola y me gustaba hacer gala de mis gracias. Inicié un trote sereno y avancé por el camino central del pueblo. Varias mujeres detuvieron la escoba al verme. Las saludé bajando un poco el sombrero con la mano, como lo hacen los hombres. Hice unos chasquidos y el Moro respondió al momento. Seguidos por el Negro, corrimos en dirección al álamo más alto del rancho, pues a un lado estaba la casa de mi tío Anselmo.

Abrazos, lágrimas y palmadas en la espalda fueron parte del recibimiento. Mi tío bromeó sobre el Negro, que sentado lo miraba como sonriendo, tal vez esperaba la caricia como recompensa por el camino andado.

—¿Y este negrito también fue a la guerra? —preguntó mi tío mientras lo tocaba.

—Es de San Andrés, de ahí se vino conmigo, es mi fiel compañero —me hinqué para palmearlo.

—Pero si alguien merece comida ahorita, es el Moro —dijo mi tío—. Yo me lo llevo al corral, anda tú *pa' dentro*.

Mi tía pasó su brazo sobre mi espalda y nos fuimos a sus dominios, a la cocina, ese lugar lleno de aromas que tanto había extrañado.

Pasaba del mediodía y los tres comimos juntos, ellos tenían mil preguntas que hacerme y yo me sentía orgulloso de mis andanzas.

—¿Que llegó una carta para mi madre? —pregunté sin demorar más el asunto.

—Sí —dijo a secas mi tío, y se le borró la sonrisa.

Se encaminó hacia la sala para sacarla de un cajón.

El sobre estaba abierto, era de esperarse, pero al jalar la carta, cayeron al piso unos billetes verdes.

—Son para ustedes —comentó el tío Anselmo, sin dirigirme de lleno la mirada—. No hemos tomado ni uno solo.

Hábil como era yo con las letras, no tardé mucho en leerla. Después, mis manos temblaron al levantar el dinero del piso. Lo doblé por mitad, como estaba antes, le entregué la carta a mi tío y salí de la sala apretando los puños para no golpear nada ni a nadie.

Rabia era lo que sentía después de leerla, vergüenza de enterarme del motivo de su ausencia, y dolor, un dolor que no conocía.

Siempre había creído que un padre no se equivocaba, que era ejemplo y fortaleza. ¿Dónde quedó toda esa historia? Ese día, el mío la destruyó letra a letra, porque leyendo esa carta mató en mí el deseo de encontrarlo.

Qué iba a decirles a todos:

¿Que mi padre era un traidor?

¿Que mientras mi madre nos cuidaba hasta morir, él estaba viviendo a lo grande allá en el norte?

¿Que encontró la oportunidad de huir mientras otros hombres atacaban Columbus?

¿Que al amparo de la noche caminó lejos, y que a sabiendas de que se alejaba de México y de nosotros, no se detuvo?

¿Que el valiente Zarco que un día salió del pueblo para apoyar a Villa ahora estaba trabajando para sus enemigos?

Cuántas noches en vela lo imaginé prisionero, en espera de su gente para salvarlo.

Otras tantas lo pensé herido en batalla, oculto en algún sitio sin más ayuda que la de Dios.

Y la de veces que lloré al imaginarlo muerto en la llanura.

Aunque no reniego de su miedo a la guerra y de su falta de amor a la patria en ruinas, como dice el general, no le disculpo el abandono. Dejar a mi madre sola, enferma, y a sus tres hijos le hace perder el título de padre.

Ese día conocí cuánto duele una traición, y aquélla era enorme.

Que no me dijera que allá encontraría trabajo y muchos dólares para mandarnos, ya que por mí, bien podía quedárselos, no nos harían falta. Después de muerta mi madre y de saber su deshonroso paradero, ya nada podía empeorar para nosotros.

Mi padre le había faltado a la patria, al general y a mi familia, pero si la revolución había perdido a un aliado en él, había ganado a un servidor cabal en mí, que nadie dudara eso.

La bola me daría cabida con un sueldo para enviárselo a mis hermanos, pero del norte no íbamos a recibir ni un solo billete verde.

Pelearía al lado del general Villa hasta el último momento, hasta que se acabara la guerra, o bien hasta que yo me topara con la muerte.

El desfile

—Sonríe un poco, chamaco, o te vas a hacer viejo antes de tiempo —decía mi tía mientras yo permanecía quieto junto a la lumbre, hipnotizado por las llamas. Era una lástima que esa comodidad se enturbiara por mi reciente descubrimiento.

¿Cómo sonreír?

Aquellos días después de mi regreso al pueblo, sólo estuve ahí, en casa, casi oculto de la gente, pues me di a un encierro de días; deseoso de no ser visto.

Apenas supieron de mí, el Nata y Mariana corrieron a visitarme, así que no tuve que ir a buscarlos.

En mala hora me encontré con Leonel.

Seguía pensando que de no ser por eso, la vida se me hubiera ido en buscar al héroe que tenía en mi mente. Pero no, luego de saber sobre la carta, tuve que ir por ella.

Tras insistir con sus visitas y su plática, Arturo y Fernando lograron llevarme a los lugares en los que siempre nos habíamos divertido, pero no fue lo mismo.

Me esforcé en hacer con entusiasmo lo que ellos proponían. Escalamos las peñas buscando los sitios más altos para saltar al agua. Participé en carreras, nadando y en el camino, pero no encontré la alegría de antes.

Me hablaban de cosas que siempre me habían interesado, pero los vi distintos, o quizá yo me sentí diferente. No era más el Valentín que había sido; los vi muy niños, o tal vez era yo el que se llenaba de amargura demasiado pronto.

Quedaba en mi alforja una caja de parque, así que una tarde me fui al monte, necesitaba el olor de la pólvora para sentirme lejos, y el estruendo de las balas para taponar mis oídos y encerrarme en el silencio. Coloqué varias piñas sobre unas rocas y me retiré lo suficiente para probar mi puntería. Siempre fui buen alumno. El Gato se hubiera sentido orgulloso de mí: tiré diez de diez. El ruido de los disparos me sacó del aturdimiento en el que estaba sumido desde mi regreso.

Tenía que ser un rebelde *de a deveras*. Proteger a Pancho Villa sería, de ahí en adelante, mi mayor afán. Al final de cuentas, qué mejor lugar para mis hermanos que con los tíos.

¿Qué podía darles yo?

Lo único que deseaba era encontrar un sitio para mí en el mundo, y ese lugar era la bola. Si después de leer la carta lo primero que pensé fue ocupar el vacío que había dejado mi padre en la tropa, esa tarde estuve seguro.

Después de fijarme ese propósito, recordé que tenía una cita con mi madre. La cruz de su tumba esperaba por mí.

Usando agua y cal la dejé muy blanca, brillaba entre las otras cruces del camposanto. MARÍA le escribí al centro y le recé un Padre Nuestro como despedida. Esa vez no quise ofrecerle ya nada, que para fallar, los hombres de su familia ya lo habíamos hecho bastante.

Aunque mi tío no criticaba la conducta de mi padre, yo sabía que así era y eso hizo crecer en mí la necesidad de demostrarle al pueblo entero que los Luján éramos valientes.

A mi padre le debo mi destino, pues de no haberse ido, nunca lo habría buscado y mucho menos habría entrado a la bola. Tal vez eso tenga que agradecérselo.

El día que me marché no quise recibir consejos, al fin que ya me sentía un hombre. Únicamente abracé a los chiquillos, que lloraron al despedirse. Acaricié sus cabezas y les hablé como si fuera grande.

El tío Manuel fue el único que se alegró con mi partida.

—Los federales nos la deben, Valentín, con ellos no tengas miramientos.

El tío Anselmo sólo palmeó mi espalda, y mi tía, luego de darme un abrazo, puso en mis manos un mantel atado que protegía unos tacos.

Poco tiempo había bastado para querer irme de la Ciénega, para desear volver a la guerra, a esa aventura que ya me era indispensable.

El Moro y el Negro fueron de nuevo mis compañeros. Salí del pueblo por donde había entrado, a un trote sereno y con la frente en alto. Tenía que remediar la falta de mi padre, y hacia allá me dirigía.

En medio de la llanura de San Juan, me preguntaba:

¿Dónde diablos estará Satevó?

Pero luego recordé a don Hilario, podría llegar a San Antonio y de ahí partiría con ellos.

Mientras cabalgaba, sentía un ansia por el galope, así que animé con la rienda al Moro, pegué mi cabeza a la suya, y rompiendo el viento, volé por el camino. El Negro se mantenía cerca, aunque su lengua colgaba hacia un lado; aquello era correr. Quería alejarme de mi pueblo lo más pronto posible e iniciar de nuevo.

Estaba resentido y eso me llenaba de valor. Y valor era lo que se necesitaba para andar con Villa: el jefe.

¡Qué ganas de volver a verlo!

Muchos lo creían asesino y ladrón, pero yo tenía claro que nada de eso era mi general. Para nosotros era el guía, la razón y la fuerza.

También necesitaba ver a los muchachos, ellos eran mis nuevos amigos, y tal vez lo serían para siempre, aunque el "siempre" se convertiría en una palabra breve, porque en la guerra se reduciría entre las balas.

La cita se había fijado para el 10 de mayo y aún faltaban días, apenas era 4 cuando llegué otra vez a San Antonio.

Desmonté cerca de la estación, los tinacos derramaban el líquido fresco que calmó la sed de mis compañeros. El Moro estaba bañado en sudor y jadeaba un poco. El Negro hizo cuchara su lengua y bebió por largo rato.

—¡*Quiubo*, chamaco! —me sobresaltó una voz a mi espalda—. Creí que te quedarías en casa, algo me dijiste de encontrar a tu padre. ¿Vas con él?

—No, qué va, don Hilario, ese asunto se acabó, ya supe que no puedo a encontrarlo —y cambié de tema para no ahondar en eso—. Regreso con Villa —le dije sonriendo mientras me alzaba el sombrero y dejaba todo mi rostro al descubierto.

—Si fueras *m'ijo,* no dejaría que te arriesgaras tanto, chamaco.

—Pero yo no soy su hijo y a mí me da harto gusto volver a la bola.

—*Pos* no se diga más, ya pronto volverás a ver a Pancho Villa. Parece que la fecha que mandó el jefe se ha cambiado y también la ruta. Así acostumbra siempre, eso de despistar al enemigo lo hace cambiar sus planes de repente.

—¿Y luego? ¿Cómo vamos a encontrarlo? —le dije preocupado.

—Nada, no te asustes, él encontrará la forma de avisarnos.

Luego de ofrecerme un lugar para pasar la noche, don Hilario se dirigió hacia donde estaba su almacén en ruinas. En el lugar, varios hombres aún reparaban techo, pisos y ventanas.

Los observé a distancia, algunos alzaron su mano y yo contesté el saludo de la misma forma. Ya no era recibido como un extraño en el pueblo, la ayuda que presté durante el incendio me había hecho un sitio entre ellos.

Hice visera con mi mano y miré hacia el cielo. Pasaba de mediodía porque el sol ya iba en descenso hacia el horizonte. Sentí hambre y recordé la comida que venía cargando. Un taco para el Negro y otro para mí, ése fue el ritmo que seguimos hasta agotar el bastimento, mientras el Moro pastaba tranquilo a un lado de los rieles.

* * *

San Antonio tenía una escuelita pequeña y blanca. La mañana del 5 de mayo amaneció atada la bandera de México a un madero junto a la barda, y poco más de dos docenas de niños coreaban al pie de ésta. Yo me quité el sombrero y me mantuve quieto contemplando la escena que hubiera querido ver alguna vez en mi pueblo, en el que nunca hubo escuela.

Luego del canto, los niños se formaron de dos en dos e iniciaron un recorrido entre las casas del pueblo. Algunos vecinos se detuvieron para contemplar el desfile que se efectuaba esa mañana, otros se unieron a la marcha y la hilera fue extendiéndose. Sentí el entusiasmo del grupo y me uní a ellos, el patriotismo marcaba el paso entre las filas. Íbamos de regreso a la escuela cuando escuchamos una corneta melodiosa y fuerte a nuestra espalda. Marcaba un ritmo marcial mientras una gran polvareda se elevaba en el camino que se abría desde el oriente. A ese sonido se unió un golpeteo de caballos que era inconfundible, y de la columna militar que se acercaba se desprendió un jinete. Era el poderoso y legendario Francisco Villa. Se emparejó a la multitud y sonrió contento. Apretó un puño y lo mantuvo en alto.

—¡Vamos, muchachitos! ¡Adelante! ¡Esto es lo que la patria quiere! ¡Hombres de escuela, gente de trabajo!

—¡Viva Villa! —gritaron todos entre aplausos.

Luego el jefe se dirigió a los grandes:

—¡Lo demás déjenmelo a mí, que esto ya casi se está acabando!

Aplaudí fuerte y sonreí al verlo cerca mientras mi alma se llenaba de alegría, pues yo había vuelto a casa.

De nuevo juntos

Al terminar el desfile, pusieron el campamento al poniente del pueblo, siempre pensando de dónde podría llegar un ataque a la tropa.

Por buen rato me mantuve lejos de Villa. Saludé a muchos con un apretón de manos, algunos me palmearon y bromearon fuerte, como si fuéramos iguales. Mientras dejaba correr el tiempo entre la tropa, alcancé a ver cómo se saludaban don Hilario, el líder del pueblo, y el general, nuestro guía. Yo me mantuve a prudente distancia, buscando el valor que necesitaba para enfrentarlo, pero sus ojos agudos se clavaron en mí a pesar del ir y venir de sus hombres que a ratos tapaban mi presencia.

—¡*Quiubo*, muchachito! —me saludó gritando desde lejos, y caminó deprisa hasta donde yo estaba—. Nunca me imaginé verte por aquí —y me dio su mano fuerte.

Tenía que escoger entre mentirle sobre las andanzas de mi padre o enfrentar la vergüenza de poner al descubierto su traición. Me decidí por lo primero, seguiría con la mentira que había empezado con don Hilario.

—*Pos* ya ve, general, las cosas cambian de repente; mi padre murió.

—¿Cómo? —dijo arrugando la frente.

—La carta no daba detalles, pero de que murió no hay duda, y sin mi madre en el pueblo, poco o nada tengo que hacer allá.

—De verdad lo siento, muchachito —dijo con la cara seria—, un padre es un padre, y siempre hará falta. Te lo digo yo que crecí sin uno. Ha de ser por eso que me gustan tanto los chamacos —puso su mano en mi hombro y siguió hablándome—: Si está a mi alcance ayudarlos, lo haré siempre. Y desde ahorita te digo, cuenta conmigo como si fueras *m'ijo*. Si quieres entrar a la escuela y dejar esto que sólo nos lleva a la muerte, no se diga más, te vas con los míos a estudiar *pa'* ser algo grande.

De pronto me asusté ante la decisión que se veía venir. Sabía de la cantidad de niños rescatados por Villa, pero yo no quería ser uno de ellos.

—No, general, yo necesito estar con *usté*, yo se lo debo.

—No, muchachito, tú a mí no me debes nada.

—*Deveras,* general, yo me entiendo, mi lugar está aquí, a su lado, no me mande a otra parte porque no me voy a sentir bien nunca —poco faltaba para que mis ojos me traicionaran—. Si mi padre murió, aquí estoy yo *pa'* lo que haga falta.

Pero Villa no me respondía nada.

—Déjeme hacerlo, jefe, por favor.

Quitó su mano de mi hombro, se rascó la barba crecida y me miró fijamente.

—Si antes te acepté fue porque querías buscar a tu padre…

—Pero en usted he encontrado a otro, general, y es mi deseo seguirlo.

Después de levantar una ceja por un momento que me pareció eterno, finalmente me dio su mano en señal de acuerdo.

—Otro como el Gato que se queda con la causa, si tu camino es éste, que así sea.

Pasó su mano por mi espalda y me llevó con él a donde estaban dando la cena.

Al centro del campamento se prendió una gran fogata, y poco a poco me fui enterando de las cosas que vivieron en mi ausencia.

—Nos la deben —dijo el jefe esa noche. Todos los que rodeábamos la fogata seguimos con atención el relato de la batalla recién perdida en Chihuahua. Una derrota más de la División del Norte—. Cuarenta y tres dorados colgando de los árboles —dijo Villa con rabia.

Cada quién dibujó la escena como mejor pudo, pero estoy seguro de que ninguna imagen fue buena.

Luego supe que entre esos cuarenta y tres estaba un gran amigo de Villa, el general Saavedra, un valiente dorado que venía haciendo la revolución junto a él desde el principio. Y el Zurdo, el de mirada de lince, el que encabezaba las cabalgatas o iba en las avanzadas, también había quedado ahí.

Villa no conoció mayor enemigo que el maldito de Murguía, y aprendí a odiarlo, porque los enemigos del general eran mis enemigos y sus dolores también los hice míos.

Se habló sobre nuevos planes, deudas y venganzas.

—Volveremos a Chihuahua.

—Está lleno de carranclas, mi general —le recordó Trillo.

—*Pos* nos daremos de balazos, faltaba más.

—Balas son las que nos están faltando, jefe —agregó el Gato.

El parque era el mayor problema para los dorados. Murguía contaba con el apoyo del gobierno, pero nosotros teníamos que recoger las cananas de los muertos, comprar donde se pudiera y cuando se pudiera.

—También eso nos debe el Reatas —así le decían a Murguía—, y vamos a sacárselo a como dé lugar.

Ese impulso violento nos envolvía a todos y estábamos dispuestos a acompañar al general al mismísimo infierno si hiciera falta.

El campamento era numeroso, no dejaba de sorprenderme la atracción del general entre los hombres de Chihuahua a pesar de tanta baja, de tanta derrota. La fila de jinetes armados que había entrado a San Antonio esa mañana era numerosa, comparada con la que yo había visto antes.

Todo era que Villa dijera: "Vamos", que todos contestaríamos: "¿A qué hora salimos, jefe?"

La noche avanzó acompañada de la música temblorosa que brotaba de un instrumento pequeño. Parecía llorar las tristezas de aquellos rebeldes y rendir un respeto doloroso a los ausentes. Uno de los soldados soplaba de un lado a otro sobre él mientras cada quién pensaba en sus muertos, o al menos yo lo hacía. Busqué con la mirada al jefe para leer en sus ojos sus cuitas, pero como siempre, ya no estaba. Se había ido a dormir lejos, al amparo de la oscuridad, protegido de alguna traición al acecho.

La última vida

Un arroyo ancho y crecido me vio saltar a sus aguas, eran las últimas lluvias de la temporada y habían formado caudales apurados por llegar hasta la laguna, aquella laguna que yo había visto camino a San Antonio. Era tan extensa que tocaba los bordes de muchos pueblos, así que ese día pude verla desde otro lado, igual de azul, igual de mansa. Esa zona era el refugio seguro para Villa. Cada caudillo tenía sus dominios, y el noroeste de Chihuahua siempre fue su casa.

Muchos peces galopaban entre las aguas sin imaginar que estaban por servirnos de almuerzo. Ese día era nada menos que mi cumpleaños número trece, pero prefería pensar que era mayor. A nadie le hablé de la importancia de la fecha, pues en ese tiempo y en ese lugar, mi juventud parecía avergonzarme.

Por instrucciones del general, me ataron el extremo de una soga a la cintura y el otro lo sujetaron a la cabeza de la silla del Moro. Mientras yo pescaba, el mismísimo Villa cuidaba del animal. Me lancé al agua para atrapar los peces que fueran necesarios, una talega de manta me sirvió de red. Momentos como ése me recordaban que yo era un chamaco, por el gusto con el que disfrutaba aquellas tareas y por el cuidado que la tropa ponía en mí.

Recordé que el año anterior mi madre había hecho gorditas de nata para ese día. Los cumpleaños en mi casa no eran motivo de fiesta, pues fuera de esos panes, natillas o de un buen atole de masa, no había otra cosa.

Pero siendo yo un huérfano en las filas de Francisco Villa, ese día tuve que agradecer los pescados que asamos a las brasas.

Había pasado ya un mes desde que me reuní con la tropa, y entre las idas y venidas por las benditas tierras de Chihuahua y la amenaza al general que se mantenía viva, era necesario andarse con cuidado.

Pueblos como Namiquipa, Satevó y Santa Isabel sintieron el rigor de la guerra. Aquello parecía "todos contra todos", pero si el jefe lo ordenaba, así tendría que ser.

Si no eran los federales, eran las defensas, pero nunca teníamos descanso. Carreras a galope, lentas cabalgatas, noches sin descanso, hambre en los caminos, todo lo padecía sin chistar y no me arrepentía de andar con ellos.

Desde San Antonio fui contando los muertos que cayeron por mis balas. Era eso o vivir con miedo, y yo ya no estaba dispuesto, ver morir a tanta gente me había endurecido. Lo decía mi mirada que ya no era la de un niño inocente, porque mis manos se habían manchado de sangre. Mi piel y mis labios se veían resecos por el sol, el viento y el polvo de los caminos. Alguien podría decir que sólo era un niño descuidado, pero no, yo sabía que era la vida y las historias que se quedaban en mí. Los viejos de la tropa reunían arrugas, yo juntaba manchas blancas en mi rostro, pues era claro que me faltaba comida y limpieza, pero qué importancia podía tener mi cara contra el nudo que sentía en el estómago al recordar que ya no estaba mi madre para curar esa piel reseca y desnutrida con atole de maíz y cremas de petróleo. Sólo era un soldado, pero uno bravo y confiable.

Tras haber cabalgado toda la noche, dormimos un poco y descansamos aquella mañana, y por la tarde seguimos andando. A mi lado ya no estaba el Negro, se había quedado en casa de don Hilario en San Antonio.

—¿No querrás que se lo coma la tropa, verdad? —me dijo muy serio y no se habló más del asunto. Le puse una correa y se lo entregué a su hijo pequeño. Eso de ir perdiendo a los míos se me iba haciendo costumbre. Escuché sus ladridos por largo rato, hasta que dejaron de oírse a la distancia.

Dejé en mis recuerdos al perro y contemplé a la familia que avanzaba en línea, porque eso éramos, una familia: el Gato, mi hermano; Villa, mi padre; y los demás… pues parientes, eso eran para mí aquellos hombres.

Para esas fechas la tropa se había reducido de nuevo, pero gracias a Dios, sólo habíamos tenido bajas, ni una traición en la cuenta.

Yo cabalgaba atrás, lo más cerca que pudiera estar del jefe, por el simple gusto de ir con él. De pronto se abrió ante nosotros el cañón más impresionante que he visto en mi vida. Parecía un lugar en el que había jugado Dios con las rocas. En ambos lados de aquel paraje gigantescas piedras se amontonaban hasta lo alto de los cerros, ni la cañada de mi pueblo tenía aquella belleza. Los hombres de Villa no se sorprendieron con el lugar, tal vez ya lo conocían o habían perdido en el camino la gracia de maravillarse frente a las cosas que de verdad valen.

—Cierra la boca, muchachito —me dijo el jefe sonriendo.

—¡Qué daría por vivir aquí, jefe! —le dije pasmado, sin quitar la vista de aquellas formaciones increíbles.

—Deja tú lo bonito, Valentín, la de cuevas y pasadizos que tiene; es el lugar perfecto para un escape.

Pero no hubo parada ahí, por lo que mantuve la vista clavada en esas enormes rocas hasta tener que volver la cabeza cuando nos fuimos alejando.

Qué lástima, de haber podido, ahí habría puesto el campamento.

Aquel sitio quedó atrás y no tardamos mucho tiempo en llegar a la hacienda de Rubio, un poblado que se veía más pequeño de lo que en realidad era en medio de la llanura. Se veía solitaria; una soledad sospechosa. Ni chamacos jugando, ni mujeres en los patios, y lo más raro, no había perros junto a las puertas. Perder en repetidas ocasiones había hecho al general más cauteloso y las recientes emboscadas lo mantenían alerta, pero fue demasiado tarde. Del techo de la finca empezó a caer una lluvia de plomo empeñada en alcanzarnos. Ellos estaban cubiertos y nosotros éramos un blanco fácil, no se necesitaba ser muy brillante para saber que era el momento para una retirada; huir de ahí a todo galope.

—¡Vámonos *pa'* las cuevas! —gritó Villa más enrojecido que de costumbre.

Se formó una polvareda que nublaba la vista, los caballos se guiaban sólo por instinto. Cuando nos alejamos de ahí, y la visión fue más clara, pude ver al Gato doblado sobre su caballo, estaba a punto de caer del animal y corrí a toda prisa para detenerlo.

Estábamos fuera del camino, detrás de las enormes rocas, ocultos de aquellos hombres que de alguna forma se enteraron de nuestro paso por Rubio. La tropa rodeaba el cuerpo del Gato. Lo pusimos en el suelo para revisarlo; tenía una bala en la espalda.

Era la suerte o el destino, venir a caer en una retirada sin importancia, aunque tuvo que ser así, porque de frente jamás lo habrían logrado.

Y esa maldita bala quemaba la última vida del Gato. Nunca sabré si el apodo era por sus ojos verdes, por su agilidad o por tanta vida que lo protegió en los combates.

Rodeábamos al herido con la angustia que provoca un amigo en esas condiciones. Algunos arriscábamos los sombreros, pero otros parecían de piedra, era el precio de la guerra, aunque a todos nos dolió ver llorar de nuevo a Pancho Villa. Esa tarde habían herido de muerte a uno de sus mejores hombres, si no es que al mejor.

—Ya me amolaron, jefe.

—Nada de eso, Gato, eres mucho hombre *pa'* que te acabes.

—No, jefe, lo malo es que nos vienen pisando los talones y los estoy deteniendo —dijo apenas.

—Nadie conoce estas cuevas mejor que yo, por eso no te apures.

—Ni remedio, general, hasta aquí llegamos juntos.

—Aguanta hasta San Andrés, Gato, ahí te sacan la bala y seguimos adelante, no te me rajes.

—Que no, jefe, que no me va tocar ver el entierro de Carranza —trató de reír y aquello se convirtió en toses que salpicaron sangre sobre el polvo de su ropa.

—Acábeme usted, jefe, no quiero que esos tales me rematen.

Pude ver la angustia en los ojos de Villa, pero matar a su amigo, no lo creí posible. Afortunadamente no hubo tiempo de comprobarlo, porque Gustavo Fuentes, el Gato, cerró los ojos para siempre.

Venganza

Había muerto mi maestro en las armas, la mano derecha del jefe y un revolucionario que debería ser recordado en la historia. Siete vidas resultaron pocas en batalla.

En ese laberinto de atajos y pasadizos, esa tarde vimos la rabia del general convertida en acción. Nos hizo trepar muy alto, y agazapados entre las rocas, esperamos la llegada de aquella bola de ingratos. Habían usado una emboscada para enfrentarnos, mira que no reconocer quién era el enemigo: Villa era pueblo igual que ellos y de repente se les había olvidado.

Lo que momentos antes deseé estaba sucediendo, pues trepaba por aquellas rocas, aunque no con el fin de divertirme. Preparábamos la venganza del Gato, y yo era el más dispuesto.

Mientras esperábamos a los malditos, pude leer la rabia en los ojos de todos. Eso que estábamos viviendo era distinto, al menos para mí, porque estoy seguro de que ese sentimiento era el que había escuchado en las palabras de Leonel en San Andrés.

Podrá ser muy importante el reparto de las tierras, la justicia en los pueblos, el presidente del país y los rencores de guerra, pero que te toquen a los tuyos, es distinto. Ponerle un rostro querido a la desgracia hace que olvides la decencia y que te invada la tristeza y el odio, sobre todo eso, el odio. Ese día entendí el porqué de las barbaridades del jefe, pues cuántos como el Gato ya había perdido en la revolución. Tal vez cosas como la de ese día desataron las tragedias que por su mano o por órdenes suyas habían pasado en los pueblos.

Esa tarde mataríamos por el Gato, conocerían nuestra furia y nuestro tino. Qué ganas de que aparecieran pronto, que no me ganara la calma y el perdón, pues a fin de cuentas aquellos hombres sólo querían defender sus cosas y a su gente. Pero en ese momento no estaba dispuesto a perdonar a nadie, y si eso sentía yo, imaginaba lo que pensaban los otros, Villa principalmente.

Aparté esos pensamientos cuando se escucharon los cascos de sus caballos. El general había ordenado dejar a la vista dos bestias atadas a un encino para llamar la atención de aquellos hombres y detenerlos justo al centro del cañón. Cuando el líder de la gavilla levantó la mano, Villa no les dio tiempo de pensar en el embuste y el turno fue nuestro. Devolvimos la lluvia de plomo de antes y ellos no atinaron a vernos entre las rocas; era la trampa perfecta.

Era como si la muerte se burlara de la belleza de aquel sitio. Uno a uno fueron cayendo y tapizaron aquel paraje. No nos marcharíamos sin antes dar el tiro de gracia a cada uno, muertos y heridos fue lo mismo. El general se encargó de esa parte. En un momento alguien quiso "ayudarle", pero el jefe lo detuvo levantando su mano izquierda en señal de alto. Ninguno escaparía a su venganza. Tuvo que cambiar varias veces de cargador. El sonido de los disparos retumbaba en las paredes de aquel lugar y la sangre salpicó tanto su rostro como su ropa. Cuando acabó, sentí miedo al verlo, pues era un Villa que no había conocido hasta esa tarde.

Cuando la masacre terminó, el cañón olía a pólvora y nuestros pies se pintaban de rojo al caminar entre los cuerpos. Hicimos lo propio del momento, levantamos cananas y rifles, y los llevamos con nosotros hasta donde estaban los caballos. Luego de eso, cargamos el cuerpo de nuestro amigo hacia una de las cuevas conocidas por el jefe. La había escogido por oculta y por su forma perfecta, ya que parecía estar tallada a mano. Un hueco en forma de ojo era la entrada y al interior soplaba el viento con una melodía que parecía despedir a nuestro compañero.

Cosa curiosa, apenas entramos, un pajarillo se coló entre nosotros y nos hizo compañía durante el velorio.

¿Acaso era el alma del Gato?

La cueva era sombría y húmeda, todos callamos por largo rato alrededor del cuerpo, pero para honrar su vida alguien empezó a hablar de las batallas en las que se había librado de la muerte. Recordó que había salido ileso de la más terrible de todas, la de Torreón. Otro habló de la gloriosa batalla en Zacatecas; hubo rabia al mencionar el descalabro sufrido en Celaya; pero la más humillante de todas había sido la derrota en Agua Prieta, malditos gringos. Sin embargo, volvieron a reír cuando recordaron que Columbus supo de sus balas.

El propio Villa mencionó la batalla contra los carrancistas en Guerrero, aquella vez de la tremenda herida en la pierna del jefe. Hablaron también de la entrada a Chihuahua, sí que había tenido gracia enfrentar a una fuerza diez veces mayor sin siquiera saberlo, y que el Gato sólo sacara una herida en el hombro. Siete vidas nos parecieron pocas, muy pocas, para las veces que burló a la muerte en combate.

Villa vio morir esa tarde no a uno de sus soldados, sino a uno de sus hijos. El Gato había entrado a la bola siendo un chamaco casi como yo.

Cesaron los recuerdos, y a falta de cajón o de petate, lo cubrimos con bastantes piedras, de tal modo que aquella cueva se convirtió en su tumba. No teníamos prisa por marcharnos, así que permanecimos a su lado por largo rato. Cuando sentimos la caída del sol en el horizonte, empezamos a tapar con rocas y ramas la entrada hasta dejarla bien oculta. Y no fue hasta que amparados por la penumbra de la tarde varios soldados bajamos por los riscos y lloramos la muerte del amigo; mientras, el ave retomó el vuelvo para perderse a lo lejos.

Genio o loco

¿Cómo se macera el odio? El jefe lo hacía en silencio, alejado de nosotros, durante noches en vela, y con muy poco alimento. Cosa extraña, porque era de buen comer y se mantuvo casi en ayuno durante semanas. Así lo vimos luego de dejar al Gato en aquel sepulcro de la montaña.

El país se encontraba saqueado, cubierto por una nube oscura de malas nuevas y de fatalidad. Ni en los corrales ni en el monte vimos alguna res que pudiera darnos un descanso de las alimañas. Serpientes, ratas y liebres fueron nuestro alimento con más frecuencia de la que hubiera querido.

Los campos lucían abandonados a pesar de que ya estaban por llegar tiempos increíbles en los que veríamos a las mujeres conducir la yunta y marcar los surcos. Pero por aquel año no se divisaba ninguna siembra, no verdeaban las matas como las observé tantas veces en las labores de la Ciénega y eso me provocaba tristeza. Yo, que sabía del trabajo en la labranza, ese año sólo vi polvo y mala hierba por todas partes.

Además de la guerra sin fin, y tal vez por lo mismo, padecíamos un castigo de Dios: una sequía implacable; nadie de la tropa tenía alguna igual en su memoria.

La marcha de los caballos seguía mientras yo vagaba entre recuerdos y arrepentimientos. Caminábamos por un desierto que parecía no terminar nunca, y avanzábamos sin claridad porque el jefe hablaba poco. La falta de provisiones nos había hecho perder escrúpulos cuando de comer se trataba, pues cualquier hallazgo en la aridez del paisaje era digno de festejo.

Transcurrió el día, como nuestro andar por el camino, hasta que dejamos atrás el desierto. Mientras el sol encontraba su refugio de cada tarde, entramos a un terreno poblado de encinos. Bajamos de los caballos y buscamos bellotas entre los árboles. En esa tarea estábamos cuando, al llegar hasta la falda de un cerro, vimos una hacienda. El blanco de sus paredes resplandecía en aquel lugar enmarcado por el verde cenizo del monte.

Nos adentramos a la propiedad listos para cualquier sorpresa. Parecía estar abandonada, pero no podíamos pecar de confiados, así que con arma en mano bajamos de los caballos y empezamos a explorar el sitio. Luego de avanzar por los corrales, que para nuestra desgracia estaban vacíos, caminamos con cuidado por el patio, pero no había rastro de habitantes. Ya con mayor soltura entramos a la casa grande, y de igual forma nadie salió a nuestro encuentro. Buscamos algo de comida, pero lo único que hallamos fue a un grupo de mapaches, que a falta de reses, serían nuestro alimento. Sin perder el tiempo, iniciamos una divertida cacería entre los cuartos y por las escaleras. Eran tan ágiles que estuvimos muy cerca de quedarnos sólo con las bellotas para aplacar el hambre.

Un sabor amargo me revive el recuerdo de esa cena, y no me refiero únicamente al gusto de la carne, ni a los pellejos que dificultaban el masticarla, se trataba más bien del remordimiento que sentía al ver cómo iba cambiando mi vida por los caminos. Al pensar en los mapaches, me acordé que en otros tiempos habría querido divertirme con ellos; ahora sólo faltaba que la emprendiera contra los perros y los gatos que hallara a mi paso, y Dios guardara la hora, pero tenía miedo de llegar a encontrar apetitosos los cadáveres de algún combate.

Lo curioso era que precisamente nosotros habíamos hecho muchas cosas para llegar a esa situación de la que entonces nos quejábamos. Tanta muerte... y los robos que fueron indispensables para poder seguir en pie, porque debo confesar que más de una vez vi a algunos villistas tomar cosas y personas más allá de la necesidad, y aunque yo me había unido al grupo ya avanzada la guerra, ya era parte de la bola, de esa bola que rodando aplastaba a todos con su fuerza.

Por esos días vi que encima de la pérdida de los nuestros, de las provisiones y del parque, estaba por presenciar la mayor de todas: la cordura del jefe.

Yo de estrategias no sabía mucho, pero quería creer que los planes que el general nos planteó esa tarde después de apenas haber probado los mapaches eran posibles.

—Ya va siendo hora de quitar de en medio al Barbas de chivo.

Como siempre, todos los del grupo pusimos mucha atención a lo que decía el jefe.

—Vamos a secuestrar a Carranza —dijo de manera firme.

Seguramente alguien pudo ver algunos detalles en su plan, pues se trataba de secuestrar nada menos que al presidente del país, a gran distancia y con enemigos por todas partes, pero viniendo de Pancho Villa, nadie lo puso en duda. Dijimos que sí con la cabeza, apoyamos sus ideas, y como se festejaba en momentos así, uno de los hombres invitó al coro: "¡Viva Villa, sí, señor!".

Días atrás, algunos quizá pensaron que en sus largos silencios estaba armando el mejor plan para tomar Chihuahua, otros tal vez creyeron que quería volver a pisotear la tierra de los gringos, pero nadie se imaginó el alcance de su pensamiento, porque si en algún lugar Villa se sentía seguro, era en el norte; entonces, habría que ver de a cómo nos tocaba en la capital del país.

Algunos podrán decir que Villa era un loco, quizá otros dirán que era un genio al planear un secuestro casi imposible. Pero era nada menos que Francisco Villa y de él todo podía esperarse, sólo faltaba ver cómo resultarían las cosas.

Al día siguiente se hicieron los preparativos para ponerse en marcha. El general armó algo parecido a un disfraz, como solía hacerlo cuando quería pasar sin ser visto: entre polvo, un sarape, un enorme y viejo sombrero, además de dos mulas con angarillas vacías, intentaría pasar por un arriero miserable.

De la misma forma se desarregló —más de lo que ya andaba— al resto de aquel grupo, porque si un poco de fortuna tuvieron alguna vez esos hombres, hacía mucho tiempo que la habían perdido. Villa y unos cuantos soldados realizarían aquella misión que iniciaban con un recorrido que para nada habría de ser fácil.

Yo pensaba que para secuestrar al presidente de México harían falta muchos más hombres de los que Villa llevaba, y por mucha fe que le tuviera yo al general, aquello era a todas luces una misión suicida.

Mientras tanto, nosotros teníamos la encomienda de hacerlo presente en el norte. Nadie debía enterarse de que el jefe avanzaba hacia la ciudad de México con el firme propósito de quitar de en medio al Viejito —como le decía Villa al líder de los carranclanes—, y había que lograrlo costara lo que costara.

Tal vez Villa quería acabar con aquella lucha que parecía no llevarnos a ningún sitio, pues estaba harto de tanta derrota y a punto de perder la razón. Eso último me preocupaba más, porque cuando vi partir al jefe, sentí algo extraño. En el general tenía cifrados mis sueños de aventura y de justicia, pero yéndose él, me quedaba muy poco, o más bien nada.

Sólo pudimos hacer dos o tres apariciones con el "¡Viva Villa!" por los pueblos de Chihuahua, porque el entusiasmo que siempre nos movía fue bajando, y para colmo de males, muchos de nuestros hombres cayeron enfermos. El hambre, la mugre y tal vez su ausencia golpearon la salud de la tropa.

Se oía decir que la peste andaba por todos los pueblos, y tal vez de alguno de ellos la levantamos. Sin medicinas ni doctores, a veces sin agua y sin comida, aquello se convirtió en epidemia, y vi a la muerte pasearse burlona por el campamento.

Sin la fuerza para hacer presencia en los pueblos, los días avanzaron lentos para nosotros. Entre buscar comida, cuidar enfermos y sepultar a los que no corrieron con suerte, se acumularon dos meses, suficientes para reducir las filas villistas. Curiosamente, fue ese mismo tiempo el que le bastó al jefe para darse cuenta de que, por mucho que quisiera, eso de secuestrar a Carranza era más que imposible.

De acuerdo con lo convenido antes de su partida, y marcados los puntos de reunión para su regreso, una mañana amanecimos en San Pablo. Cuando el sol apenas asomaba entre los cerros, vimos llegar a un grupo de andar cansado de no más de diez hombres por un camino del sur. El enorme sombrero del que venía al fondo era inconfundible, Villa había vuelto con nosotros al norte.

Cambio de planes

A lo largo y ancho de aquel norte por el que tanto caminábamos, la sequía, la pobreza y la enfermedad seguían
azotando a la gente. Con ello, nuestras andanzas se volvieron sin rumbo, y regresó a mi mente la idea de los fantasmas
que cabalgaban sin darse cuenta de su muerte.

Era difícil saber qué pasaba en todo el país, pero cerca
de mí lo veía claro. Quizá de nada serviría ya la lucha, otro
gobierno, la justicia y las tierras, pues todo iba a salir sobran-
do si a fin de cuentas estaba por acabarse la gente. Con esa
preocupación, imaginaba los pueblos en abandono y las ciudades desiertas.

Avanzábamos por una llanura que parecía interminable
cuando a lo lejos vimos una enorme flor de hojalata que se
movía con el viento y que trataba de sacarle al suelo reseco
algo de agua, por la que veníamos sufriendo. Había también
un corral grande y vacío a un lado del molino, y una casu-
cha que parecía abandonada. Sólo esos tres elementos confor-
maban el rancho. Uno de los nuestros recordó su nombre: El
Laurel. Había sido construido para cuidar el ganado de una
hacienda que casi se llamaba igual: Los Laureles.

La única señal del hombre en esa vastedad solitaria era ese molino ruidoso que acompasaba los vaivenes del viento.

González entró a la casa con pistola en mano y a paso lento, como tanteando alguna sorpresa desagradable. El jefe se quedó sobre su caballo mientras nosotros nos acercamos a las tinas que estaban cerca de aquel molino incesante. Bebimos desesperados haciendo una cazuela con las manos; luego mojamos nuestra cabeza y, sonriendo, llamamos al general para que tomara agua como nosotros, pero no parecía estar dispuesto a dejar la montura hasta que González avisara que todo estaba en calma.

Todos nos quedamos sorprendidos cuando salió de la casa, porque llevaba entre sus brazos lo que jamás imaginamos encontrar en aquel sitio.

El jefe desmontó y luego de echar hacia atrás su sombrero para que colgara sobre su espalda, puso sus brazos en la cintura en señal de desconcierto. Nosotros nos acercamos más intrigados porque estábamos a mayor distancia.

Cuando rodeamos al soldado González, una criatura manchada de mocos, lágrimas y polvo soltó el llanto.

—¡Si serán! —dijo Villa abriendo espacio con los brazos, obligándonos a retroceder—. ¡Ya lo asustaron!

Yo me enternecí al ver cómo el jefe tomaba la nariz del pequeño entre sus dedos. Con su mano áspera, por la rienda y por las armas, acarició el cabello apelmazado de ese niño que a pesar de estar sucio y lloroso, a todos nos cayó en gracia.

—¿Y la mamá? —pregunté yo, sin el deseo de acabar con las risas de ese momento.

—Está muerta —dijo González mientras se quitaba el sombrero y lo ponía sobre su pecho.

Entonces me vi en el pequeño, era un huérfano como yo. Villa se encaminó hacia la casa y detrás de él fuimos varios.

Aunque estábamos acostumbrados a ver la muerte de frente, lo que encontramos dentro de ese lugar miserable nos sorprendió a todos.

Sobre una cama revuelta descansaba el cuerpo. Era una mujer joven, pero de su belleza en vida no pudimos enterarnos, pues decenas de moscas ya volaban encima de ella. El rostro que alguna vez arrulló al pequeño lucía tenso y seco, lo que resaltaba un poco sus huesos. Esa tarde, la piel antes lozana era de tonos cenizos que delataban la ausencia de sangre en sus venas. Los labios pálidos dejaban ver parte de sus dientes, pero a falta de una sonrisa, sólo quedaba una espantosa mueca. Quizá lo más impresionante fueron sus ojos abiertos; quise pensar que una madre pretende vigilar a su hijo aun después de muerta. Y para completar ese cuadro terrible, una mancha de sangre y excrementos se extendía sobre las mantas.

—Ahí mismo estaba el chamaco que mamaba de su madre muerta.

Todos giramos en redondo sin dar crédito a lo que contaba González a mi espalda.

—De seguro fueron las fiebres —dijo el jefe sacando un pañuelo de su pantalón para cubrirse la mitad del rostro—. Lleva solamente dos o tres días muerta, o el niño no estaría vivo.

Sin que nadie diera órdenes, alguien enredó el cuerpo entre las cobijas, otros cavaron una tumba para la muerta y el trabajo de limpiar al niño lo tomé yo con gusto.

El calor de aquel día facilitó su baño en las tinas repletas de agua. Seis o siete meses tendría el chiquillo cuando lo recogimos de aquel sitio. Lo envolví con algunos trapos que encontramos en el cuarto. González hizo algo con un pinole que halló entre los trastos para luego dárselo al niño, porque no dejaba de llorar de hambre. Quizá si no fuéramos nosotros tan grandes, lloraríamos seguido por la misma razón en esas cabalgatas interminables.

Nos dio por llamarlo Laurencio, por aquello del rancho en donde lo encontramos.

—Laurencio Villa será —dijo sonriendo el jefe cuando alguien sugirió el nombre.

El general decidió buscar un lugar en el que pudieran cuidarlo, y como no andábamos tan lejos de Parral, pensó que una de sus esposas bien podría criarlo.

Cuando cabalgamos de nuevo, volví a sentir la tripa pegada al espinazo, esa sensación se me iba haciendo costumbre. El pinole con agua se reservó sólo para el pequeño hasta encontrar algo de leche.

La falta de lluvias volvía los ríos y lagunas suelos quebradizos que crujían al andar los caballos sobre sus cuencos.

Sobre el Moro íbamos los tres: enfrente, cerca de la cabeza de la montura, iba el pequeño Laurencio, luego yo, y abrazada a mi espalda, el hambre.

Luego de varias horas de cabalgar, el grueso de la tropa se quedó a las afueras de la ciudad, procurando no ser vistos. El jefe, González, Laurencio y yo entraríamos a Parral.

Cuando llegamos a la ciudad, la soledad que por todos lados se sentía nos recibió desde las primeras casas; apenas vimos un perro y algún arriero camino a los montes cercanos.

No pretendíamos hacernos notar, que para hacer la lucha no traíamos ánimo.

Ir en la comitiva para la entrega de Laurencio me favoreció con una buena cena: frijoles, chile, tortillas de harina y agua de limón me supieron a gloria. Después de eso, González se encargó de llevar al resto de la tropa algún bastimento que calmara su hambre. Ya entrada la noche, llegaron a la casa donde estábamos algunos hombres de la ciudad. Todos eran de la causa villista y conversaron hasta tarde, pero la plática nunca se retiró de un mismo tema: *Venustiano Carranza había muerto.* Eso sí sorprendió al general, porque era lo que lo mantenía en armas, aunque a pesar del descanso que le daba el hecho, no dejaba de reconocer que morir por traición no se lo deseaba a nadie.

¿Qué era lo que seguía entonces?
¿Entregarse en Chihuahua?
¿Contactar al nuevo presidente?

Que para nuestra suerte, según supe, era conocido y respetado por el jefe.

De Chihuahua ni hablar, la cabeza de Villa aún tenía precio.

¿Durango tal vez?

Pero era una zona igual de gastada por la guerra que la nuestra y aunque fuera su tierra, no era lo más prudente.

Entonces el jefe dijo firme y claro:

—Vamos a entregar las armas.

—¿Y si nos ponen un cuatro? No se le olvide que así los han matado a todos.

Villa chasqueó la lengua y negó con la cabeza.

—Confío en don Adolfo. Si mi presencia ya no es necesaria, ni hablar, cada quien a lo suyo y que todo sea por el bien de México. Lo intentaremos aquí, pero si no, entonces tendremos que marchar hasta Coahuila.

El precio de la paz

Peregrinar por ese mar de arenas ardientes empezó a dañar mi razón. Al ver una culebra debajo de unas rocas mientras cabalgábamos en silencio, no pude más que pensar en el diablo, ése que hizo pecar a Adán y a Eva, robándoles la gracia del paraíso.

Ahí estaba, cauteloso, encarnado en la culebra, guareciéndose de los implacables rayos del sol, burlándose de nuestra desgracia. De repente empecé a pensar que era él quien me decía:

Quítale el agua al de adelante, al fin que va dormido.

Yo sacudía mi cabeza para dejar de pensar esas tonterías. Pero de nuevo el cuerpo alargado de aquel demonio se arriscaba en mi mente y me decía:

Si se muere, podrás descansar al Moro.

Y acaricié el cuello de mi amigo, que debía de tener tanta o más sed que yo. De nuevo aquella voz:

Hazlo.

Y el Moro relinchó, como espantando la presencia del ser rastrero.

Los animales se entienden.

Decía mi madre, y el estremecimiento del caballo me sacó de ese diálogo maligno. Descansé mi cabeza sobre la montura, copiándole a la mayoría de la tropa, para olvidar mis quejas.

Cabalgaba a media fila con el sol sobre todo mi cuerpo. Escurría tanto sudor que empapaba la ropa, y lo mismo pasaba con el Moro, hasta su crin se apelmazaba con la humedad. Yo sentía que avanzábamos dentro de un horno parecido al de mi casa, uno de tierra con entrada como de cueva en el que se hacían montones de carteras de pan y galletas para Semana Santa.

Qué bien me caería un pan, con el hambre que traigo.

Pensaba, mientras la rabia que sentía por el calor, la sed y el hambre empezó a cobrar su precio con mi razón. En un momento desenfundé la pistola, y encañonando al cielo, lo amenacé, renegando de su presencia, y le grité:

—¿Acaso eres la mano de Dios que quiere castigarnos?

Y la tropa se detuvo para ver a quién le hablaba con tanto enojo.

—¡No te tengo miedo!

Mi madre hubiera sentido vergüenza al saber de mis blasfemias. Fernández me tranquilizó mojando mis labios con sotol mientras me quitaba la pistola.

—Dale un trozo de mezquite *pa'* que lo muerda —dijo Villa limpiándose la frente, única parte del rostro que conservaba el tono blanco de su piel.

Sus mejillas y su nariz estaban tan tostadas que sus ojos claros brillaban contrastando con ellas, y tenía los labios tan ajados por la resequedad del cuerpo que podían verse algunos rastros de sangre seca entre sus pliegues.

Habíamos iniciado la marcha con entusiasmo. Cabalgamos tres días, y luego de agotar el agua de las cantimploras, el jefe dijo que pasaríamos un día sin agua, pero ya llevábamos más de dos días y nada.

Éramos una tropa numerosa marchando hacia el oriente en busca de un lugar seguro para entregar las armas. Como cosa rara, Villa en esa ocasión iba al frente, como amo y señor de los caminos, pues ese desierto retaba su orientación y su resistencia. Fernández, a su lado, opinaba de vez en cuando, pero el que se las sabía de todas todas era el jefe. Esa marcha nos probaría a todos de qué estaba hecho el general.

Muerto Carranza, la Revolución apenas palpitaba.

De Parral y sus alrededores, muchos se habían unido a lo que quedaba de la División, pues sabían que el fin se acercaba y no querían perderse la aventura que era andar con Francisco Villa, aunque también querían abonar algo para el bien de México.

Ese imán que era el general había logrado reunir a más de ochocientos jinetes con el fin de buscar un lugar adecuado para firmar la paz. Que quede claro, el general Francisco Villa jamás iba a rendirse. Por eso llevaba consigo una enorme lista de condiciones para presentarlas ante el gobierno; yo mismo lo vi dictarlas a su escribiente.

Uno que se rinde, no tiene cara ni pa' pedir agua.

Dijo el jefe aquel día que dejamos al pequeño Laurencio con una de sus mujeres, antes de empezar la lista de peticiones para el momento del desarme. Ese papel iba guardado en las alforjas del general, aunque pensé que bien podría quedar sepultado por las arenas de aquel desierto implacable que parecía dispuesto a eliminar al mayor personaje de la Revolución.

Yo sabía que los camellos podían pasar días y días sin beber agua, pero la hazaña de los caballos que nos acompañaron en esa marcha aún merece todo mi respeto.

De no haber sido porque en Chihuahua quisieron acabar con el jefe más que a la mala, no habríamos estado en ese camino que parecía llevarnos al infierno. Entre más avanzábamos, más calor; entre más calor, más sed; entre más sed, más cansados; y entre más cansados, el miedo y la locura se iban apoderando de nuestras mentes. Yo no fui el único en desenfundar enloquecido. El Palomo, que iba casi al final de la tropa, gritó de repente:

—¡A un lado, es la gente de Obregón que viene buscando al jefe!

Al verlo encañonando un cactus que tenía enfrente, la tropa se partió en dos, quitándose de su línea de fuego.

—¡Yo me los echo, jefe! —gritó azuzando a su caballo, soltando la rienda para apuntar mientras le espoleaba el vientre.

El Palomo avanzó tan veloz como su cansado caballo pudo hacerlo. Disparó toda la carga del rifle, y luego de enfrentarse a la nada, desmontó más confundido que antes y se dejó caer de rodillas mientras trataba de beber un agua inexistente hasta ahogarse con la arena que metía a su boca, provocándose un ataque de tos que por poco lo mata.

Y de nuevo el sotol intentó servir de remedio para las alucinaciones. Recostaron al Palomo mientras otros tapaban con sus cuerpos al sol, que seguía burlándose de todos.

—No reacciona, jefe, tiene fiebre —dijo el Chueco, luego de tocar la frente del caído—. Si pudiéramos darle de beber, aunque sea un poco...

—Pero... ¿qué?

—Yo recogí los orines del caballo en la cantimplora por si acaso —dijo Rodríguez, adelantándose entre el grupo—. Usted dice, jefe, ¿se los doy?

Villa asintió con la cabeza.

Mientras el Palomo bebía el líquido amarillo que a ratos se desbordaba de su boca, yo me mojaba los labios con la lengua; se veía sabroso.

Si carabinas y pistolas no nos hicieron renunciar, aquel terreno nos estaba reservado para pagar las muertes, los robos y todos los pecados que podían venirme a la memoria. Debieron ser muchos porque aquel castigo parecía interminable.

A pesar de que renegué del Dios que todo lo ve y todo lo decide, esa misma tarde tuve que hincarme para pedirle disculpas, porque encontramos un *presón* que nos volvió a la vida.

Pero estoy seguro de que toda el agua de aquel lugar no era necesaria para mantener la lealtad de los hombres de Pancho Villa, porque todos estábamos unidos a él por el destino. No importaba el precio que hubiera que pagar por ser de su gente.

Mientras nos refrescábamos y comíamos algo decente en la casa de un buen hombre que nos compartió de lo suyo, supe que aquel verano quedaría grabado en nuestro recuerdo como el más terrible de nuestra historia.

Mira que venir tan lejos para entregar las armas sólo porque eso no pudo realizarse en Chihuahua. Hacerlo hubiera sido un suicidio. Santa Rosalía, Saucillo, todas las citas habían sonado a emboscada. El jefe lo intentó varias veces, las mismas de las que tuvo desconfianza, porque "para uno que madruga, hay otro que no se acuesta". Fue por eso que Villa dijo que teníamos que poner tierra de por medio, y así empezó aquella marcha que se volvió la cabalgata más aventurada de mi vida y tal vez también la del resto del grupo.

Luego de recobradas las fuerzas, provistos de agua y cargando con caballos sin jinete, retomamos la cabalgata hacia Dios sabe dónde.

Yo no fui a Torreón, a Zacatecas o a Celaya, pero la aventura vivida en ese desierto que parecía sin fin, bien creo que lo superaba todo: estábamos burlando al enemigo atreviéndonos a caminar sin provisiones por una tierra tan caliente como el infierno.

Conocía Durango y sus pinares, Chihuahua y sus llanuras, pero esas tierras eran distintas, más secas, más calientes e infinitas.

Gracias a que los desiertos están llenos de ratones y culebras fue que no morimos de hambre, pero qué ganas de sentir la lluvia, de beber del cielo, de refrescarnos por un momento.

En mi desesperación, me atreví a pensar que el mismísimo Villa había perdido el rumbo y que su plan podría llevarnos al matadero.

Muerto el perro, se acabó la rabia.

Eso dirían muchos a lo largo y ancho del país. Que al morir nosotros, se acabaría la rabia que todos llevábamos dentro y le daríamos un respiro a México para que levantara la cabeza después de aquella guerra sin tregua.

Cinco, seis días, una semana, diez días, once, doce; aquello parecía el fin. Hasta que luego de trece infernales días con todo y sus noches, sucedió el milagro.

Fernández, que se adelantó hacia un cerro a fin de usarlo como mirador a la redonda, ya en la cima gritó para nuestra alegría:

—¡Mi general, ahí está Monclova! —y mostró sus dientes blancos que resaltaban en su rostro tostado—. ¡Ya la hicimos!

—¡Qué Monclova ni qué ocho cuartos, eso que se ve es Cuatro Ciénegas! —corrigió Rodríguez cuando ya estábamos todos en lo alto.

Villa sólo sonrió, negando con la cabeza, mientras animaba a su caballo para llegar a ese lugar que le prometía un descanso.

Pero lo que habíamos encontrado resultó ser San Juan de Sabinas, un pequeño y pacífico poblado que se convirtió en la salvación del regimiento.

Trece días, ni más ni menos; tal vez uno más nos habría costado la vida.

Malhaya aquellos que llegaron a decir que el jefe se había rendido: Villa no se rendiría nunca, firmar la paz era diferente.

Tres años después...
de nuevo en los caminos

En la Ciénega todos me llaman el teniente, sí, el teniente Luján. Ya no soy el chamaco que un día se fue montando al Moro bajo el sarape del tío Anselmo. Sé que soy joven, pero por dentro ya me siento viejo.

La bola endurece a cualquiera, y aun cuando no me hirió ninguna bala, hay algo que me duele por dentro y no me refiero a la carne o a los huesos. Nadie es valiente si no tiene miedo, y yo me marché del pueblo con el temor que me daba la guerra.

Luego de entregadas las armas, ya de regreso hacia mi tierra, pude ver de nuevo la miseria y sentir la rabia de saber a los patrones lejos del peligro, a salvo, mientras los peones se quedaban a vivir los horrores del hambre, la enfermedad y la muerte; diez años de terror padecidos por la lucha.

Así llegó el momento de recorrer de nuevo el camino rumbo a mi pueblo para no marcharme más, o al menos eso pensé aquel día, porque pasado el tiempo, hoy cabalgo de nuevo.

Mi cuerpo se balancea sobre el Moro, suenan sus cascos y resopla de tanto en tanto porque salimos muy de mañana.

Ya el sol está en lo alto del cielo y calienta nuestras cabezas. Venimos al paso, nada ha de cambiar si llegamos tarde.

Luego de cruzar las aguas de un río, pienso que sería bueno tomar un descanso.

Mientras me refresco con el agua, el Moro bebe a la orilla. Después, camino hasta quedar bajo un mezquite para librarme del sol, porque aunque es otoño, me quema.

Es un orgullo que me llamen "teniente", me siento importante. Esa palabra mantiene vivos todos los recuerdos, ésos que despiertan mi dolor por los muertos, que me reviven la amargura por la injusticia y que precisamente ahora hacen que la traición me indigne.

Nombrarme teniente fue el último regalo de Villa al despedirnos. Lo recuerdo bien, el jefe convocó a los generales de brigada y a la tropa, y en la plaza de Sabinas me distinguió frente a todos, incluyendo a los curiosos del pueblo. Puso su mano derecha sobre mi hombro mientras yo me quitaba el sombrero y mantenía la frente en alto. Luego me dijo:

—Valentín Luján, por su labor en combate e intachable disciplina en las fuerzas de la División del Norte, le concedo el grado de teniente de caballería, y si fuera necesario, espero contar con *usté pa'* defender a la patria.

Sus palabras aún suenan en mi cabeza y me llenan de orgullo.

—¡Sí, mi general! —contesté con energía mientras hacía algo parecido a un saludo militar.

Teniente de caballería.

El corazón me latía deprisa y mi respiración se volvía agitada, pero intenté controlarme para que nadie se enterara.

Qué lejos había quedado el Doradito, hacía tiempo que me había convertido en un hombre.

Dicho aquello, me entregó un viejo prendedor de armas de fuego, y aunque no sé si ésa sea la insignia que corresponda al rango, yo la porto con orgullo siempre.

Aquella tarde calurosa de julio, Francisco Villa me nombró teniente, no cabo, ni sargento. Yo había llegado a ser teniente de caballería de la División del Norte.

Nunca sabré si habría podido llegar a ser general, porque al poco tiempo de firmada la paz ante los hombres del presidente De la Huerta, yo me regresé a mi pueblo.

Por mucho que apreciara al general, tenía que volver a mi tierra. Nunca pensé quedarme en Canutillo, en la vieja hacienda que un día fuera de Urbina, su compadre. Era un lugar tan saqueado que necesitaría de mucho trabajo para hacerla producir, y para pueblos necesitados estaba el mío, y en él mis hermanos, que no tenían más cabeza de familia que a mí.

A algunos de los generales que lo acompañaron hasta el final les entregaron otras haciendas, pero no supe si fue idea del él o del gobierno mandarlos al lugar que les tocó, porque los villistas fueron repartidos en Chihuahua y en Durango.

¡Qué hábil era el jefe!

Villa quería tener ojos en el norte para enterarse de lo que ahí pasara. Tal vez el gobierno soñaba con dividir las fuerzas, pero pues cuándo.

Mucho se dijo del cambio de Francisco Villa de revolucionario a patrón. Nada más lejano de la verdad. Había llegado el tiempo de comprobar que sus sueños para el país eran posibles. Canutillo iba a demostrarles a todos lo que podían hacer el trabajo común, la organización y el esfuerzo.

"Una oportunidad es lo que necesita la gente del pueblo", había dicho siempre el jefe. El coronel Trillo, el Chueco y otros se quedaron con él. No tenían casa, no tenían hijos ni mujer. En ningún lugar estarían mejor que ayudándole al general, porque eso sería siempre para todos: general. Y aunque el gobierno no quisiera darle ningún mando, para nosotros Villa seguiría siendo el general de la División del Norte.

⤙❀⤚

Horas y horas de recuerdos
han terminado…

He llegado a Parral, las puertas del panteón están abiertas, sólo una barda de adobe separa a los vivos de los muertos. No tardo mucho en encontrar su tumba.

FRANCISCO VILLA
1878–1923

Está rodeada de flores y quedan rastros de velas cerca de la cruz. Por un momento deseo que sea una de las que vi en nuestras cabalgatas. Una como aquellas que hicimos nosotros mismos, que dijera: AQUÍ DESCANSA FRANCISCO VILLA, y en la que hubiéramos sepultado los restos de una vaca, algún cajón vacío o una bola de trapos viejos.

Me descubro la cabeza, acaricio el prendedor de armas que llevo sujeto a la camisa y le digo:

—Aquí estoy, jefe, me tardé en venir porque apenas supe de la desgracia. Una emboscada… ¡Malditos! Tenía que ser así, general, porque de frente… pos cuándo.

El viento sopla entre los mezquites que rodean el camposanto.

—Vengo desde Ojos Azules, y por el camino he tenido tiempo para recordarlo todo.

La hojarasca que se acumula al lado de la tumba hace un remolino y cambia de sitio; mientras, vuelvo a pensar en la admiración tan grande que guardo por ese hombre, como no creo tenerla por otro en toda mi vida. Lo vi ser rudo y salvaje muchas veces; pero otras tantas, generoso y valiente. Por todo lo que viví con él, le digo:

—Gracias, general, gracias por haber sido mi jefe, mi amigo y casi mi padre.

Y me quedo en silencio contemplando la tumba a la que no le faltan obsequios. Yo dejo sobre ella mi sombrero; qué más puedo darle.

—Qué le digo, jefe, que de aquí voy *p'al* norte, tan lejos que no sé cuándo llegue. Voy a un lugar cercano a unos lagos tan grandes que parecen ser el mar. Dicen que es un sitio con montañas blancas casi siempre, donde el viento sopla tan fuerte que mueve el aire frío como navajas.

Mientras hablo en la tumba, un halcón sobrevuela el camposanto. Me quedo en silencio y contemplo la libertad que le dan sus alas, la agilidad de su cuerpo para moverse en el aire y pienso en la ferocidad de su pico y de sus garras.

—Sí, jefe, con los gringos, pero no se moleste, que voy y vengo; de quedarme allá, nada.

El halcón se posa sobre la barda del cementerio. Después fija su vista en los recovecos de una tumba solitaria, y luego me mira atento.

—Hoy le confieso, general, que apenas murió mi padre. Mis razones tuve para mentirle sobre su muerte. Tengo que ir a su tumba o no le habré cumplido la promesa a mi madre. Aquí traigo su viejo chal para enlazarlo a una cruz que espero tenga el nombre de quien busqué por tanto tiempo. No ha de ser una tumba como ésta, aquélla sólo ha de cubrirse de nieve o de polvo, pero no deja de ser la de mi padre.

Y hago otro largo silencio. Mientras tanto, pienso en lo extraña que puede ser la vida: me enteré de la muerte de mi padre casi al mismo tiempo que supe del asesinato de mi general.

—Él era mi padre, y usted, más que mi amigo —le digo hilando mi pensamiento con la palabra.

Me persigno en señal del respeto que merecen su vida y su muerte, y por último acaricio la cruz como despedida.

—"Parral me gusta hasta para morirme", dijo usted un día, y la vida quiso darle el gusto, general. Quede en paz con Dios; mientras, la vida sigue, esperando que algún día otra bola, luego de rodar y rodar, nos golpee tan fuerte que nos tire a todos o que nos empuje hacia adelante.

Índice

El último regalo de Villa de Carmen Olivas
se terminó de imprimir en abril de 2020
en los talleres de
Litográfica Ingramex, S.A. de C.V.
Centeno 162-1, Col. Granjas Esmeralda, C.P. 09810,
Ciudad de México.